転生幼女はお願いしたい 2

~100万年に1人と言われた力で自由気ままな異世界ライフ~

Dogu no Tomo
著 土偶の友

ill. むらき

主な登場人物
エアホーンラビット
姿を消す能力を持つ
ウサギの魔物。
その中でも二本角という
特別な個体。
ウィン
とある洞窟に
閉じ込められていた
フェンリル。
サクヤに力の
使い方を教え、
従魔となる。
サクヤ
気が付くと子供の姿で
異世界にいた、
本作の主人公。
神聖魔法や創造魔法と
いった、珍しい魔法を
使える。
ヴァイス
目を覚ましたサクヤの
側にいた白虎。
サクヤの第一の
従魔として
頑張ります。

レイヴァール
ケンリスの街の
筆頭書記官。
領主の片腕と
言われている。
アルト
ウィンが三百年前に
お世話になった
パルマの村に
住んでいる少年。
クロノ
サクヤ達が森で
出会った冒険者。
リオンの兄で、
まっすぐな性格。
リオン
サクヤ達が
森で出会った冒険者。
クロノの弟で、
研究家気質。

第1話

わたしはサクヤ。日本で普通に働いていたのに、気が付いたら五歳児になって森の中にいた。

混乱するわたしだったけど、隣に寝ていた真っ白な小虎《ことら》に懐《なつ》かれたので、ヴァイスという名前をつけたら……なんと、従魔になってくれた。

それから森を彷徨《さまよ》ったわたし達は、とある洞窟《どうくつ》に閉じ込められていたフェンリルを見つけて、そのフェンリルも封印を解いて、ウィンと名付けて従魔にした。

その時に、「創造魔法《そうぞうまほう》」と「神聖魔法《しんせいまほう》」の両方を持つわたしは百万年に一人の存在だと教えられ、バレないように過ごすと決意した。

街を目指して洞窟を出たわたし達は、クロノさんとリオンさんっていう冒険者さん達……転生特典の鑑定《かんてい》のスキルで見たら本当は今いるファリラス王国の王子様だったんだけど、とにかくその二人と一緒に行動することになって、ケンリスの街に到着。

魔道具を作らせたら国一番だというプロフェッサーや、魔物の研究では世界的な権威だという先生と知り合ったわたしは、街での生活に馴染《なじ》んでいった。

こっそり魔法で城壁《じょうへき》を直したり、エアホーンラビットっていう魔物の特異体《とくいたい》――いわゆる変異種と仲良くなったり……そんなことをしていたある日、街にとんでもなく強いスライムの魔物が迫ってきた。

どうやらウィンを助けた時に、一緒に解放しちゃってたみたい。

ヴァイスやウィン、エアホーンラビットに傷ついてほしくないわたしは、逃げたかったんだけど……そしたら街が大変なことになる。

ウィンは自分が原因だから戦わせてくれと言ったけど、傷ついてほしくない。

ウィンはそれでも、自分が原因だから、そしてわたしからの『お願い』は自分にとって嬉《うれ》しいことだからと、温かい言葉をかけてくれた。

わたしは『お願い』をするのが苦手だったけど、その言葉に背を押され、彼に『お願い』をして……わたしの魔力を使ったことでウィンは、無傷で魔物を討伐してくれた。

それからウィンのお願いで、かつてウィンが封印される前に過ごしていた村を見に行くことになったんだけど……とりあえずその日は、街の人達と一緒に、無事に街を守れたお祝いの宴《うたげ》を開くことにしたのだった。


「むにゃむにゃ……はっ！」

わたしが目を覚ますと、そこは宿の部屋ではなく、街中だった。当然ウィンの毛に包まれているけど。

具体的に言うと、昨日の夜、みんなで一緒に飲んだり騒いだりした宴の跡地だ。近くでは、クロノさんとプロフェッサーがシートの上で横になってる。

リオンさんはおらず、先生がぼんやりと酒瓶《さかびん》を呷《あお》っていた。

「先生……朝起きてからまたお酒を飲んでるんですか？」

「ん……？　昨日からの続きだよ」

「え？　一晩中飲んでいたんですか？」

「まぁねぇ。ぼくはお酒強いから」

そう言っている先生は、確かにほんのりと顔は赤いが、特に酔っぱらった様子はない。

「なるほど……」

先生の側には酒瓶が二十本以上転がっているけど……。

まぁいいか。先生だしきっと大丈夫だろう。

すると、ウィンが念話で話しかけてきた。

『起きたか、サクヤ』

「おはよう。ウィン。昨日は寝ちゃってごめんね」

『気にしなくていい。サクヤは寒くなかったか？』

「全然。ウィンに包まれててとっても温かかったよ」

『それなら幸いだ』

わたしはウィンの温かい毛皮に潜《もぐ》った。やっぱり最高。

二人で話していると、先生がのんびりと聞いてくる。

「今って念話をしているのかい？」

「あ、はい。流石《さすが》に外だと話す訳にはいきませんから」

「なるほどねぇ。とっても研究し甲斐《がい》があるね……」

先生の目つきが一瞬《いっしゅん》鋭《するど》くなった。もしかして……。

「先生……昨日から寝てないのって、ウィンとかヴァイスがいたから……？」

「ん？　そうだよ？」

「ああ……やっぱり……」

「でも何もしていないよ。何かする時はちゃんと同意を取るから」

「あ、はい」

何かする気はあるんですね。という言葉は呑《の》み込んでおいた。

そんなことを話していると、従魔を連れた青年が近くを通りかかった。

「うお……大きい従魔だな……」

彼はそう言って立ち止まり、じっとウィンを見る。

彼の連れている従魔はウィンを小さくして茶色にしたような狼《おおかみ》で、不思議そうに主《あるじ》である青年を見ていた。

彼はしばらく迷ったあと、先生に向かって聞く。

「先生……その白い従魔は先生の従魔ですか？」

「いや、違うよ。この従魔はサクヤちゃんの従魔だよ」

「サクヤちゃん？」

どこ……？　と周囲に視線を巡《めぐ》らせるので、わたしはウィンの毛皮の中からのそりと起き上がる。

「わたしです」

「うお!?　毛皮の中にいたのか？」

「はい。ウィンの毛皮はとっても温かいので最高なんですよ」

わたしがそう言うと、ウィンが嬉しそうに、だけどちょっと恥ずかしそうに尻尾《しっぽ》で顔を撫《な》でてくる。

青年はそんな仕草を見たあと、おそるおそる聞いてくる。

「もしよかったら……なんだが、触らせてはもらえないだろうか？」

そう聞かれて驚いたわたしは、先生を見る。

「別に珍《めずら》しいことではないよ。従魔は大切なパートナーだからね。毛並みを手入れして、自慢《じまん》する人だっている。それをお互いに撫で合ったりするのも、従魔を連れているとよくあることだよ。もちろん、従魔が嫌がらなければ……だけどね」

それを聞いて、わたしはウィンに聞いてみることにした。

確かに、このモフモフは独占したいが、ぜひとも自慢したいという気持ちもあるからだ。

『ウィン、他の人に触られるのは嫌？』

『別に構わんぞ。ただし、背中だけだ』

「背中だけならいいそうです」

わたしはウィンに聞いた言葉を、そのまま青年に伝えた。

彼はとても嬉しそうに笑って、頭を下げてくる。

「おお！　ありがとう！　それでは失礼して……と、サクヤちゃんもよかったら、デフォルを撫でてやってくれ。こいつは撫でられるのが好きなんだ」

彼はそう言って、デフォルと呼ばれた茶色い狼の魔物を前に出してくる。

わたしが地面に降りると、デフォルはわたしに寄ってきて体を擦り付けるようにしてくる。

「おお……デフォルが初対面でこんなに懐くとは……嬢《じょう》ちゃんは魔物に好かれる何かがあるのかもな」

「どうなんでしょうね？」

わたしはそう返して、楽しそうに尻尾をブンブンと振っているデフォルの頭をそっと撫でる。

ウィンよりもちょっとごわっとしている……？　でも、ウィンと比べるのはかわいそうかも。この子はこの子で結構なモフモフで、ずっとモフモフしていられそうなほどに素晴らしい。この子がダメなのではなく、ウィンが最高すぎるのだ。

「ハッハッハッハ」

わたしが撫でていると、デフォルがとても気持ちよさそうに目を細めるので、なんだか撫でるのが楽しくなってくる。

頭や背中など、全身を撫でていくと、デフォルももっと撫でろとばかりに身をよじっていた。

「ワフッ！」

そうやって全身を撫でると、デフォルに顔をめちゃくちゃに舐《な》められた。親愛の情を感じるので、これはこれで嬉しい。

「デフォル。そこまでにしておけ」

青年がそう言ってデフォルを止めてくれた。

デフォルはちょっと悲しそうだったけれど、主には従うのか大人しく引き下がった。

「ありがとう。君の従魔はとても……素晴らしいね。デフォルの毛並みも結構自信があったんだが……もっと上があると知れたよ」

「それはよかったです」

「じゃあまた。今回はありがとうね」

「いえいえ。こちらこそ」

そう言って彼が去っていくと、ウィンが言う。

『サクヤ。俺を撫でろ』

「ええ？　どうして？」

『いいから』

「分かったけど……」

わたしは言われた通りにウィンの体を撫でる。

『ふむ……やはりサクヤに撫でられるのが一番いいな』

「もう……わたしもウィンを撫でるのが一番いいよ」

そんなやり取りをして、のんびりとした時間が過ぎていく。

そこに、今までいなかったリオンさんが走ってきた。

「兄さん！　どこ⁉　兄さん⁉」

そんな彼に、わたしは声をあげる。

「リオンさん！　クロノさんはここです！」

「本当⁉　兄さん！　急いで来て！　城下町に行かないといけなくなったんだ！」

そう言うリオンさんはとても慌てていた。

このケンリスの街は、北部に領主の住む城と城下町があって、壁を隔《へだ》てて下町が広がっている。

今わたし達がいるのは、街の外側を囲む壁にほど近い下町の一角だ。

「城下町……？」

クロノさんはリオンさんの声で起き上がり、少し寝ぼけた様子でリオンさんに答える。

「そうなんだ。実は……」

リオンさんはわたし達以外誰にも聞かれないように、小声で話し始めた。

それによると、領主の右腕と言われる筆頭書記官が、ギルドマスターとクロノさん、リオンさんを呼び出しているらしい。

「はぁ？　なんでおれ達なんだ？　いつもは……」

「あの人はあのスライムとの戦いの後遺症《こういしょう》で動けない。だから僕達に白羽《しらは》の矢が立ったらしい」

「なるほどな……そういうことなら……しょうがないか。すまん、サクヤ。おれ達はちょっと城下町に行ってくる」

二人がそんな話をしているので、わたしはふと、城下町ってどんな所だろうと思った。

下町はとてもいい場所だ。今もこうして楽しくしているんだけれど、城下町とやらも気になる。

『ウィン。わたし、城下町も気になるんだけど、先にそっちをちょっとだけ見てもいい？　それが見終わったらウィンの言ってた村に行こう』

『それで構わないぞ。村に行くのも今日明日でなくともいい。サクヤの都合がいい時でな』

『分かった。ありがとう』

わたしはウィンにお礼を言って、クロノさん達に声をかける。

「クロノさん」

「どうした？」

「あの……わたし達も城下町に入ってはいけないでしょうか？」

「……どうしたんだ？　突然」

「いえ、この街はとってもいい街です。ウィン達も受け入れてくれましたし、街の人達もとっても優しいです。だから、城下町も行ってみたいと思うようになったんです」

わたしが考えていることを話すと、クロノさんは少し迷ったあとに頭をかく。そして、わたしが黙《だま》っていると、申し訳なさそうに口を開く。

「サクヤ。城下町はサクヤが思っているほどいい場所じゃない。それでもいいか？」

「はい。大丈夫です」

自分の目で見ないと、なんとも分からないし。

「あとは条件がある。おれ達から……それとウィン様からも決して離れないこと。それでもいいか？」

「分かりました」

「それとエアホーンラビットだが……従魔じゃないんだよな……」

クロノさんがそう言うと、エアホーンラビットは鳴く。

「キュイキュイ！」

抗議《こうぎ》するような声を出したあとに、姿を透明《とうめい》にした。これはエアホーンラビットという種族が持つ能力の一つだ。これならバレないだろうと言いたいのだろう。

「それなら行けるか……よし。さっさと行って、すぐに帰ってくるぞ」

そう言って、クロノさんとリオンさんは進み出した。

ウィンに乗ったわたしとヴァイスもついていこうとすると、先生に後ろから声をかけられた。

「サクヤちゃん」

「はい？」

「決して争ってはいけないよ。どんな目を向けられてもね」

「……？」

どんな目を向けられても？　どういうことだろう？　行ってみたらそれは分かるか。

わたしは頷《うなず》いて、クロノさん達を追いかけた。

城下町と下町を隔てる壁に到着したわたし達は、門を抜けて城下町に入る。

その時――

『助けて』

「？」

今の声は誰だろう？　ウィンともヴァイスとも違ったような……。

「サクヤ？　どうかしたか？　視線を感じたか？　人さらいか？」

「え？　いや、そういう訳では……」

「そうか、怖かったらウィン様の中に隠れておくといい」

「はい？」

クロノさんは何を言って……？　と思っていたけれど、しばらく進んでいくと、彼がそう言った理由が分かった。

「……」

「……」

「……」

わたし達が城下町に入ると、『なんでこいつらがいるんだ』と言いたげな目を向けられたのだ。

下町で向けられたような優しい目つきではなく、害獣を見るかのような目が、これでもかとウィン達に突き刺さっていた。なんとなくだけれど、ウィンを警戒しているのかもしれない。

「サクヤ。行くぞ」

「はい」

わたし達はクロノさんに守ってもらうように進むけれど、警戒心の強い目つきは変わらなかった。

『サクヤ。気を付けろ。敵意はないが、友好的でもないぞ』

『うん……なんでこんなに嫌われているんだろう？』

『よく魔物に襲われる街らしいからな。魔物が街の中にいるということが許せないのだろうさ』

『そんな……ウィンは襲ってくる魔物とは違うのに……』

わたしはウィンやヴァイスの優しさを知っているから悲しくなる。

聖獣だと明かせば、そんな扱いは受けないいんじゃないか……そう思ったけど、ウィンの声が届く。

『サクヤ。気にしないでくれ。俺は確かに聖獣だが、それはサクヤにだけ知っていてもらえばいいんだ』

『ウィン……』

『それに、こういう場所にはもう来なければいいだけだろう？　サクヤが来ようと言ったおかげで、こうやって知ることができたんだ。それでいい』

『……そうだね。ありがとう。ウィン』

そうしてしばらく歩き、わたし達はとある宿に入っていく。

「ちょっと、魔物を部屋に入れるつもりかい？」

「聞き分けてくれるから問題ない。これでダメか？」

「……しょうがないね」

クロノさんは宿の主に何かを渡すと、なんでもないかのようにこちらを振り返った。

「サクヤ達は隣の部屋で待っていてくれ。おれ達は用事を終わらせたらすぐに戻る」

「分かりました」

あんな目線を向けられたあとで、街を歩き回ってみようなんて気持ちにはならなかった。

だから、部屋でのんびりヴァイス達と遊ぶことにする。

「ウビャウ！」

「キュイキュイ！」

ヴァイスとエアホーンラビットは仲良く部屋の中で追いかけっこをしている。ヴァイスの方が少しだけ小さいはずだけれど、エアホーンラビットといい勝負をしていた。

時々エアホーンラビットが本気を出して、壁に突撃しそうになっていたのはウィンが魔法で止めてくれていた。

「キュキュイ！」

まるで止められたせいで捕まったと抗議するように、エアホーンラビットが鳴いている。

ウィンはそれを見て苦笑いを浮かべて答えた。

「壁に穴を開けないように逃げる練習をしろ」

「キュキュイ……」

未だに少し不満そうだったけれど、すぐに切り替えてまたヴァイスを追いかけ始めた。

わたしはウィンにお礼を言う。

「ありがとうウィン……こんなことで壊したら怒られそう」

「だろうな。しかし、サクヤが直したら喜ばれるのではないか？」

「直すって……どうやって？」

「創造魔法で壁を作ればいい。城壁の時のようにすればサクヤなら簡単にできる。あるいは木魔法を覚えてもいいが」

　確かにそれでいいかもしれない。それにしても……

「木魔法もあるんだ」

「ああ、聖獣で言うと木は青龍だな。あいつの実力はやばい」

　それを聞いて、わたしは疑問に思う。

「あれ？　青龍って木なの？　水かと思ってた」

「水は玄武《げんぶ》だな」

　はえー。青龍って青だし龍だし、水だと思い込んでた。

　それからわたし達は他愛《たわい》ない話をしながら、クロノさんとリオンさんが戻るのを待つのだった。


　話し合いが終わった二人が戻ってきたのは、二時間くらい経過してからだった。

「悪い。待たせたな」

「いえ、無理を言ってついてきたのはわたしなので。それで、なんのお話だったんですか？」

　世間話で聞いてみたつもりだけれど、クロノさんの表情は重い。

「ああ、あのスライムを倒したのが誰なのか、領主が知りたいんだと」

「ええ？　領主様に直接聞かれたんですか？」

「いや、流石に領主は城下町まで来ない。来たのは領主の右腕。親の代から仕えている有能な奴さ。どうしてあんな領主に仕えているのか分からないくらい、優秀な奴だよ」

「そんな人が……」

「まぁ、その話はいい。それでは下町に戻るか」

「はい」

わたし達はすぐに宿を出て、下町に出る。

下町の通りを歩く人達の雰囲気は明るく、わたし達に向ける目もとても優しかった。

「うん。わたしはやっぱりこっちの方が好きだな」

「サクヤの言う通りだな。おれもこっちの空気の方が落ち着くよ」

そんな感じで和《なご》んだところで、わたしはクロノさん達に、ウィンが行きたい村のことを聞くことにした。

「あの、クロノさん、リオンさん。ちょっとお聞きしたいことがあるんですが」

「どうしたんだ？」

「何か困ったことでも？」

「困ったことではないんですが、この街の近くにある村にウィンが行きたいそうなんです。昔滞在《たいざい》していたとかで……それで、一人で出るのは多分年齢的に怒られるので、門を出るまでついてきていただけないでしょうか？」

「近くの村って……どの村のことかな？」

リオンさんがウィンに向かって聞くので、ウィンはそちらの方角に首を曲げてわたしに念話を飛ばす。

『この方角……北西にある……昔はパルマの村と呼ばれていたな』

「北西方向にある、パルマの村という場所で――え？」

わたしがそう言うと、クロノさんもリオンさんもさっきの城下町にいた時よりもかなり不安そうな顔になったので、わたしは言葉を途中で止めてしまう。

そして、クロノさんが口を開く。

「パルマの村か……その村は黒い噂《うわさ》が絶えない。道中も、盗賊《とうぞく》がかなり出るという噂で、しかもそれも実はパルマの村の者だと聞くし……怪しげな薬を使うとも……な」

「怪しげな薬？」

「人を強化する薬だったり、これは眉唾《まゆつば》だが、不老不死の薬を作っているとも聞くな」

わたしはちょっと訳が分からずに二人に聞く。

「パルマの村が、盗賊をいっぱい出している……ということですか？　しかも不老不死の薬を作っている？」

「あくまで噂だがな。そんな薬を作って何に使うのか……不死の兵隊でも作るのか……」

「……」

ウィンの行きたい村は、かなりの危険地帯だった。

しかし、ウィンは行きたいと言っていた。なら、わたしは……なんとかするべきではないか。

不老不死の薬を作ろうとすること自体は、そこまでおかしいことでもない。地球でだって、賢者《けんじゃ》の石とか始皇帝《しこうてい》が求めていたとか、そんな話があったくらいだ。

なら、問題は盗賊だ。

「ウィン。遠回りするのはどうかな？　このまま最短距離を行くんじゃなくって、南西に一回下ってから北上するとか、それなら安全にいけそうじゃない？」

わたしがそう言うと、クロノさんが目を見開いた。

「行く気なのか!?」

「……だって、ウィンが行きたいって言ってくれたんです。なら、わたしも行きたいんです」

どんな気持ちを込めてその村に行きたいとウィンが言ったのか、わたしには分からない。

でも少なくとも、軽はずみな気持ちではなく、昔あったことにケリをつけたいという思いで言ってくれたんじゃないのか……と思う。

だからわたしは行きたい。

「それに、わたしのけっか……ごにょごにょ魔法ってすごいんですよね。それを使えば、安全に見て回ることはできると思うんです」

「サクヤ。風の結界を張ったから普通に喋《しゃべ》ってもいいぞ」

「ウィン。ありがとう」

ウィンは魔法で周囲を囲ってくれたらしく、普通に喋る。

「ということでお前達、俺達はパルマの村に行く。旅に必要な物は何かあるか？　人間に……サクヤに必要な物はやはり準備をしておきたいからな」

「ま、待ってください、ウィン様。本当に行くつもりなのですか？　その……ウィン様の望まない結果になるかもしれないのですよ？」

クロノさんは、もしかすると変わり果てた村の姿にショックを受けるのではないかと心配してくれているようだ。

「それでも、このまま何も知らないままでいるよりは確かめたいのだ。それに、せっかくだ。クロノもついてこい」

「え？　お、おれもですか？」

「ああ、ちょうど……したがっていただろう？」

ウィンはそう言って、クロノさんを誘う。

その意味をリオンさんは測りかねているみたいだったけれど、わたしには分かる。

クロノさんが以前、稽古《けいこ》をつけてほしいと言っていたのだ。盗賊がいっぱい出るなら、その訓練になるぞ……とウィンは言いたいのだろう。

クロノさんは少し経ってから頷く。

「分かりました。それではおれも行きましょう」

「兄さん!?」

「リオン。お前は残ってもいいぞ」

「えぇ……いや、僕も行く。兄さんを一人にはできないよ」

「でも、こっちの仕事があったんじゃないのか？」

「それはちゃんと終わらせてる。だから行くよ」

「そうか。助かる。リオン」

仲睦《なかむつ》まじく笑っているクロノさんとリオンさん。兄弟仲がいいのはいいことだ。

わたし達は準備するものがないらしく、すぐに出発することになった。

正確にはリオンさんの準備が万端《ばんたん》だったので特に何もすることがなかっただけだけど。

なので、さっきに広場に戻ったわたし達は、寝ていたプロフェッサーを起こし、酒を飲んでいた先生にはあいさつをしてから出ていくことにした。

「という訳でプロフェッサー。わたし達はちょっとパルマの村に行ってきます」

「はぁ？　宴が終わったと思ったらパルマの村に行く？　何を考えているんだか……仕方ない。ついてこい」

「はぁ」

わたし達は素直にプロフェッサーに従って歩き出す。

その間、先生はなぜかリオンさんにずっと話を聞かせていた。

「いいかい？　パルマの村とそこまでの道で出る魔物は十種類。そして、それらのうち半数は昼、もう半数は夜に活動をする奴らなんだ。そいつらは特に問題ない。でも、問題はそこから少し離れた所にいる奴でね？　かなり強力な毒を……」

と、パルマの村の近くに出る魔物の情報を、これでもかとリオンさんに詰め込んでいた。

そうして辿《たど》り着いたのは、プロフェッサーの家だった。

「あの……ここで何を……」

「いいから来い」

そう言ってプロフェッサーは、家の中に入り、奥に入っていく。

わたし達もついていくと、プロフェッサーは魔道具をクロノさんにぽいぽいと投げて渡す。

「クロノ。それは〈炎の壁〉の魔法が入っている。何かあった時はそれを使って壁にして逃げろ。それからこっちのは〈風の牙《きば》〉だ、不意打ちに便利だな。それから……」

「あ、あの、なんでこんなにも魔道具をくれるんですか？」

「あ？　やる訳ないだろう。貸すだけだ。減っていたらその分だけ代金は貰う」

「えぇ!?　な、なんでですか？」

山ほど魔道具を持たされたクロノさんは悲鳴をあげる。

「なんでとは……これからパルマの村に行くのだろう？　気を付けて帰ってこい。それだけだ」

「プロフェッサー……」

クロノさんは感動した様子で声を漏《も》らす。

「だからあとは——」

「もう大丈夫です！　これだけあれば絶対に無事に帰ってこれますから！」

プロフェッサーはわたし達のことを心配してくれているらしい。

「ありがとうございます。プロフェッサー」

「……ふん。あんな危険地帯に行くなど……無事で帰ってこい」

そう言ってプロフェッサーはわたしの頭を撫でる。

その手つきは意外に柔《やわ》らかく、ちょっと驚いてしまう。でも、嫌な感じはしなかった。

「さあ、さっさと行け」

彼はそう言って後ろを向いてしまった。

先生もリオンさんに知識を詰め込み終わったのか、優しい笑顔で見送ってくれる。

「無事に帰ってきてね」

「はい。ありがとうございます！」

わたし達はプロフェッサーと先生にお礼を言って別れ、早速外に出た。

話し始めるのはクロノさんだ。

「よし、では……最短距離を行こうと思う」

「え？　せっかくサクヤちゃんが迂回《うかい》を提案してくれたのに？」

「ああ、その方がいいのでしょう？　ウィン様」

リオンさんが目を見開いていると、クロノさんにそう言われたウィンが頷く。

「ああ、盗賊といっても所詮《しょせん》はゴロツキ。兵士達とは比べ物にはなるまいよ」

「分かりました。では行くぞ」

「兄さんが言うなら……」

リオンさんも渋々納得してくれて、わたし達は北西への道を進む。

歩き始めて一時間くらいだろうか、ウィンが念話で話しかけてくる。

『サクヤ。結界魔法の魔道具を出せ』

『え？　いいけど……』

わたしは言われるままに魔道具を出す。プロフェッサーが作った、〈結界〉の魔法が込められた、赤いとんがり帽子の形をした魔道具だ。

『それから、結界魔法の魔道具を使わずに、自分の魔法で結界を張ってくれ。俺達とリオンの分だけでいい』

『分かった、〈結界の創生〉』

大きさはわたし達がちょうど入る程度と、いざという時動きやすいようにリオンさんは別枠で。

「え？」

リオンさんがそれに気付いて驚いた次の瞬間――

ヒュンヒュンヒュン。ドスドスドス。

地面に矢が突き刺さった。ちなみに、わたしの結界魔法には矢は当たらなかった。クロノさんは当然のように全て回避している。

「くっくっく。やるじゃねぇか。だがこの先……パルマの村のシマだってことは知っていて進んでるんだよなぁ？」

いかにも盗賊ですと言わんばかりの、ボロを着た屈強《くっきょう》な男がのそりと森から出てくる。

まさか街を出てから一時間で現れるとは思っていなかった。

「ここから先には行かせねぇ。ま、物さえ差し出せば命まではとらねぇ。さっさと置いて消え失せなぁ！」

その男は前に出てきて、クロノさんを見る。

「ちょっとサクヤちゃん!?　これどういうこと!?　僕に結界は必要ないよ!?」

リオンさんは慌てた様子で結界を叩《たた》いたりして、出ようとしている。

さっきの矢のことを考えれば、森の中にも結構な数の人達がいるはず。それをクロノさん一人でやれるのか……とリオンさんは心配しているのだろう。

そんなリオンさんを尻目に、ウィンからの念話が届く。

『サクヤ。クロノに伝えろ。殺すことは許さん。そして、全て捕らえろ……とな』

『そ、そんなことを？』

『ああ、あの程度相手であればそれくらいしなければ意味はない』

いくら訓練のためとはいえ、それは厳しいんじゃないか。そう思うけど、ウィンが決めたことだ。

わたしは覚悟を決めてクロノさんに話す。

「クロノさん。えっと……その……殺してはいけません！　それと、全員捕らえてください！　とのことです！」

「なるほど……分かった。それでいこう。リオン、おれ一人で問題ない」

「兄さん!?」

驚くほどあっさりと答えたクロノさんに、リオンさんもすごく驚いている。

というか、クロノさんもなんでそんなにあっさりと受け入れるんだろう。

そして、わりと放置されていた盗賊は怒りに顔を真っ赤にしている。

「てめぇら……オレ様達を差し置いていい度胸だなぁ……もういい！　全員やっちまぇ！」

そう言うと、すぐに矢がわたし達の元に降り注ぐ。

カンカンカンカンカンカンカン。

しかし、わたしの結界魔法はそんなに甘くない。しかも今回は特別サービス、リオンさんの魔法を百回は受けても多分弾ける特別製だ。

盗賊程度の貧相な矢なんて……と矢を見たけれど、結構しっかりとした作りをしているように見える。

ただ、先端はなぜか丸まっていて、殺傷力《さっしょう》はなさそうだ。それと気のせいか、わたしはあんまり狙《ねら》われていない気がする。

唯一出てきている盗賊に目線を移すと、持っている剣もかなり質のいいもののように見えた。手入れもされているのか刃こぼれ一つなく、騎士の剣と言われても納得しそうなくらいだ。

「はっははぁ！　まずは一人だけいるてめーをぶったおあご！」

「遅いな」

しかし、その盗賊はクロノさんの剣の腹で頭を横に殴られて、一瞬で気絶した。

クロノさんは即座に森の中に飛び込んでいく。

「ぎゃぁ！」

「うわぁ！」

「おかしら！」

そしてすぐに、そんな悲鳴が聞こえてくる。

それに合わせるように、わたし達の方に飛んでくる矢も減っていった。

五分ほどすると、クロノさんが森から出てくる。

その体には傷一つなく、矢を放っていたであろう盗賊を五人ほど引きずっていた。

「これで全員だと思いますが、どうでしょうか？」

クロノさんはそう言って、彼らを地面に落とす。全員気絶しているようだ。

他に人がいないためか、ウィンが普通に話す。

「ふむ。確かに気配はなくなったな。しかし……六人で盗賊をするとは、さぞ腕に自信があるのだと思ったがこの程度か……」

「いえ、実際結構な腕ではあると思いますよ。ケンリスの街の兵士と同程度でしょう」

「なるほど、ではもう少し縛りをきつくしないとダメか……」

「お手柔らかにお願いしたいのですが……」

「それでは意味がない」

わたしはその話を聞きながら結界魔法を解いた。すると、リオンさんがウィンに向かっていく。

「ウィン様、どういうことか聞いてもよろしいでしょうか？」

「結界のことか？　クロノをもっと強くしてやろうと思ってな。盗賊が出たからやらせただけだ。俺が戦うことになったら、お前達が気付く前に終わっている」

「それは……でも兄さんは……」

「リオン。いいんだ。これはおれが望んだこと。だからこれでいい」

クロノさんはそう言って、何か言いかけたリオンさんを止める。

「おれ達は強くならないといけない。だから、そのためにおれは、できることをするんだ」

「もう……勝手に決めて……せめて事前に言っておいてよ。びっくりするじゃないか」

「すまんなリオン。だがそういうことだ。これからはできるだけおれ一人に戦闘は任せてくれ」

「分かった。そういうことならね。それとサクヤちゃん」

「はい！」

なんだろう、怒られるのかな……と、ちょっと緊張していると、リオンさんは申し訳なさそうに言ってくる。

「さっきはごめんね。結界魔法ありがとう」

「い、いえ」

「そうだぞリオン。サクヤの結界魔法があるから後ろを気にせずに突っ込めるということもあるんだからな」

「兄さんが威張《いば》ることじゃないでしょ」

「そうかもしれんな！」

そんなやり取りをして、わたし達は一度街に戻ることになった。

盗賊をこのままここに放置する訳にもいかないし、パルマの村に連れていくのも、敵を返しに行くことになるから。

わたし達は盗賊を連れて、来た道を戻り、街の衛兵に預けてまたパルマの村へと出発する。

そして、街を再出発してから一時間半後。

『――サクヤ。魔道具を出して結界魔法』

『え？　嘘《うそ》でしょ？　〈結界の創生〉』

ウィンに言われて結界魔法を張った次の瞬間、先ほどと同じように矢が地面に突き刺さった。

「おいてめぇら。ここから先は通さねぇぜ？」

そう言って出てきたのは、さっきの盗賊と同じような格好の人だ。

しかも、今回は剣士らしき人が五人、わたし達を囲むように立っていて、森の奥には矢を構えた人もいるっぽい。

でも、そんなことはいい。

「何人いるのここ!?」

わたしは心から叫んだ。

「つく……てめえら、覚悟しておけよ……」

捕らえられた盗賊の首領は、手を拘束されながらもそう呟《つぶや》く。

今回もさっきと同じように、クロノさんが手加減しながら全員捕らえていた。

今は再び、ケンリスの街に戻っている途中だ。

わたしが盗賊達を観察していると、クロノさんが注意してくる。

「サクヤ。そいつらは一応盗賊なんだ。そんな近付くな」

「一応ですか？」

「……ああ。一応だ」

なんかすごく歯切れが悪い。

「どういうことです？」

「その……そいつらからはあんまり敵意を感じなかったんだ」

「敵意を？」

「ああ、ぶった切るとか、殺すぞとか、そういう感情だな」

「盗賊なのに……？」

わたしが不思議に思って盗賊達を見ると、素知《そし》らぬ顔でそっぽを向いていた。

「だが一応盗賊だ。だから近付くな」

「大丈夫ですよ。ウィンもいますし、ちょっと聞きたいこともありますから」

戻るまでにあと一時間はかかるから、聞けることは聞いておきたい。

ウィンの背に乗る私の膝《ひざ》の上では、ヴァイスとエアホーンラビットが盗賊達を警戒していた。

「手を出したらダメだよ」

「ウビャウ」

「キュイ」

「だけど、気持ちは嬉しいよ。ありがとう」

わたしのことを守るためにこうしてくれているのだろう。そんな二体の気持ちが嬉しくて、そっと頭を撫でる。

「ウビャアア」

「キュイイイ」

二体はとても気持ちよさそうだ。

「それでは……え」

わたしが首領を見ると、彼は二体をじっと食い入るように見ていた。

「あの……ちょっと聞きたいんですけど、いいですか？」

「……は！　なんだいじょうちゃ……なんだ」

「なんか普通に街の衛兵みたいな口ぶりでしたけど……」

「なに言ってんだ。俺達や先祖代々立派に盗賊をつとめてきてんだ」

「……」

盗賊を立派につとめる……まぁいい。

突っ込んでいたら終わりそうにないので、聞きたかったことを聞く。

「パルマの村はどんな所なんですか？」

「はぁ？　なんでそんなこと知りてぇんだ」

「わたし達がこれからパルマの村に行こうと思っているからです。これから行く場所を知りたいって思うのはおかしいことですか？」

「ふん。そりゃあもう恐ろしい場所よ。口にするのもおぞましい」

「……え？　それだけですか？」

「この世には知らない方がいいことだってあるんだよ」

わたしは意味が分からず首を傾《かし》げる。

「あの、本当にどういうことなんですか？　パルマの村はそんなにも危ない場所なんですか？」

わたしはまたヴァイス達を見ていた首領にそう尋《たず》ねる。

「そうだぞ。それはもう酷い場所でな。言葉も教えてもらえないようなやべー場所なんだ。後ろにいる奴らも口がきけないんだよ」

彼はそう言うので、わたしが本当……？　と思って後ろの盗賊達を見ると、ものすごく驚いた顔をしていた。

「ウビャ」

「キュイ」

ヴァイスとエアホーンラビットを見ると、二体も彼らの真似《まね》をしているのか、なんだかめっちゃ驚いた顔をしている。普通に可愛い。

ヴァイスなんか耳がピン！　と立っていて、ちょっとウサギみたいな感じになってる。

隣にいるエアホーンラビットといつも遊んでいるし、行動も似てきたりするんだろうか。

この画《え》を残しておきたいけど、残念ながらカメラはない。カメラがないのがこんなにも辛いなんて……創造魔法か、神聖魔法で作れないかな。

「……」

っていうかなんで盗賊を捕まえたはずなのにこんな空気になっているんだ。

ヴァイスとエアホーンラビットはなんかもう盗賊達を見る目が全然厳しくないし、本当に盗賊なのか不安になってくる。

わたしは気を取り直して、後ろの人に声をかける。

「あの、あなた方は喋れないんですか？」

「……喋れません」

「喋ってんじゃん……」

わたしが突っ込むと、口を開いた彼は、他の人から足蹴《あしげ》にされる。

「他の人も意味分かってるじゃないですか……」

「……」

わたしがそう言うと、一斉に動きが止まる。

なんなんだこれは、コントでも見せられているのか。

「あの、首領さん……って、なんでそんなにヴァイスを見てるんですか？」

「いや……なんでもない。ただ、ちょっと撫でてもいいだろうか」

「いや、ダメですよ。この状況で許せるはずないでしょ」

「ウビャウ？」

「キュイ？」

二体ともなんで？　と首を傾げないで、なんで別によさそうな雰囲気を出すの。

でも動きが揃《そろ》っていてとても可愛い。

そんな二体の動きに魅了《みりょう》されたのか、首領は懇願《こんがん》してくる。

「頼むよ！　こんな可愛い従魔は中々会えないし！　めっちゃモフモフそうで最高じゃないか！」

「そのことに関しては同意します。ヴァイスもエアホーンラビットもウィンもみんな最高ですよ」

わたしはこれみよがしと、膝の上の二体を抱き締める。

「あー！　いいなぁ、俺もそうやりたい！」

「ダメです。っていうかそうやって人質……獣質《けものじち》にするつもりでしょう!?」

わたしが見抜いてどうだと問うと、首領はポカンと口を開いてわたしを見つめていた。

「そんなひでぇことできる訳ねぇだろ」

「えぇ……」

わたしを騙《だま》そうと演技していたんじゃないの？

これわたしがおかしいの？　彼らって盗賊だよね？　間違えてないよね？

そう思って彼らを見つめるけれど、やはり盗賊っぽい格好をしている。

「街に着いたぞ」

「え、もう？」

クロノさんが街へ着いたことを教えてくれたので、詳しいことを聞けなかった。

彼らを街の衛兵に引き渡し、またパルマの村への道を進む。

「しかし、奴らは一体なんなんだろうな」

「クロノさんもやっぱり変に思いますか？」

「ああ、さっきの会話を聞く限り、どう考えても普通の盗賊ではないだろう」

「ですよね……」

なんというか、そこまで敵意も感じなかったし。

「だが、詳しいことはパルマの村に着くまでは分からない。これからも気を引き締めていこう」

「いや、でも二回も出たんですよ？　流石にもう……」

カカッ！

クロノさんの言葉にわたしが答えた瞬間、近くに矢が刺さる。

「ぐへへ、お前達、ここから先に進むとどうなるか分かっているんだろうな」

森からまた新しい盗賊が出てきた。

「何人いるのここ!?」

わたしは心から叫んだ。


それからわたし達は何回も往復をした。

パルマの村に向かって一時間もすると新しい盗賊が出てくるのだ。

そしてその度に、クロノさんが捕まえて街に連れ帰る。

「お前達……盗賊を狩るのが好きなのか？」

「そういう訳じゃないんだがな……」

クロノさんは何回も衛兵に盗賊を引き渡しに戻るので、そんなことを言われていた。

「嬢ちゃん、もしクロノに変な所に連れていかれそうになったら急いで戻ってこいよ？　守ってやるからな？」

「あ、ありがとうございます」

『俺が守るから不要だ』

衛兵の人が言ってくる冗談《じょうだん》をウィンは真に受けて、わざわざ念話を送ってきてくれる。

そんなことがありつつも、わたし達は再び進む。

「これ、あと何回やらないといけないんでしょうね……」

リオンさんも往復を面倒だと思ったのか、そんなことを言い始める始末。

空も暗くなり始めたので、今日は街で泊まるか……という意見まで出始めた。

「どうする？　これだけ進まないんなら、街に戻った方がいい気がする」

「僕もそう思うかも。このまま進んでもまた盗賊が出るんじゃないのかな」

「そんな気がする……というか、なら本拠地を案内させて、そこを叩くか？」

「でも、全員が同じアジトにいるとは限らないんじゃない？」

「確かに……」

パルマ村に行く話が盗賊退治の話にすり替わるくらいには盗賊が出続けるのだ。

それほど盗賊に辟易《へきえき》していたと思う。

なので、わたし達は最初に考えていた通り、一度南西に行ってから北上することにした。

すると、今までめちゃくちゃ出てきた盗賊達は全くいなくなった。

クロノさんとリオンさんも肩の力が抜けている。

「今までなんだったんだ……」

「ほんとだよ……」

平和になったことを証明するように、ヴァイスもエアホーンラビットもウィンの上で寝ている。

ヴァイスは丸まって、エアホーンラビットは仰向けに全身を投げ出していた。

なんでそんな寝方……と思うけれど、可愛いからそっと見ておく。あんまり見つめると気配で起きてしまうかもしれないからだ。

ああ、今こそ本当にカメラが欲しい。ちょっと本気で考えてみるべきだろうか。

そうしてのんびりと時間は進み、夜になったので、わたし達は途中の道の端《はし》で一泊することにした。

「あの……本当に見張りもするんですか？」

ウィンが魔法で守るから問題ないと言っているのだが、クロノさんとリオンさんは起きて番をするらしい。

「気にするな。ちゃんと交代で寝るしな」

「時々は、こうやって起きるようにしてるんだ。魔物避けのテントが壊れる時とかもあるから、そうなった時に備えて慣れておかないとね」

なるほど、確かに道具が壊れるとか、イレギュラーが起きることは考えておくべきだ。

「では、おやすみなさい」

「ああ、おやすみ」

「おやすみ。サクヤちゃん」

わたしは二人にあいさつをして、ウィンのモフモフに潜る。

と、そこでふと思った。

「そういえばウィン」

「どうした？　サクヤ」

「なんでいちいち、結界の魔道具を出すように言ってたの？」

「ああ、あれを出しておけば、もし盗賊どもが誰かに結界魔法のことを話しても、あれは魔道具のおかげだと言えるだろう？　そのためだ」

「なるほど、そこまで考えてくれてたんだね。ありがとう。ウィン」

いつもわたしのことを第一に考えてくれるウィンにお礼を言って撫でる。

ウィンは少しそれを堪能《たんのう》したあと、口を開く。

「当然のことだ。さっさと寝るぞ。ヴァイスとエアホーンラビットはもう寝ている」

「そっか、おやすみ、ウィン」

「おやすみ。サクヤ」

それからウィンにもあいさつをして、眠りについた。

◇◆◇◆◇

サクヤ達が眠りにつき、おれ——クロノとリオンの二人きりになった。

すると、リオンがすぐに問いかけてきた。

「兄さん。それで……どうして今日はあんな無茶をしたの？　怪我がなかったからよかったものの、下手したら取り返しがつかなかったんだよ？」

リオンは一人で戦ったことに対して怒っているのだろう。盗賊に敵意がなかったとはいえ、油断して取り返しがつかないことになる可能性もあったのだ。

でも、おれにも理由はある。

「それでもだ。安全な戦いにばかり慣れていてたら、いざという時に守れないだろう」

「守れないって……誰を？」

リオンはそう聞いてくるので、はっきりと言う。

「お前もだし……サクヤもだ」

「サクヤちゃんって……ウィン様が守ってくれるんじゃないの？」

「ああ、そうだろう。戦いになれば、ウィン様が守ってくれる。それは事実だ」

「じゃあ……」

「だが、それをサクヤが望んでいなかったらどうする？」

「――それは……」

おれは先日の巨大スライムをウィン様が討伐してくれた時に、サクヤが流した涙の跡に気付いていた。

ウィン様が戦えば、それなら勝利は確実だろう。

でも、そのためにウィン様が傷付いたり、正体がバレたりするようなことがあったら、サクヤは悲しむ。そして、人の街にはいられないと思うかもしれない。

「だから、おれ達にできることは、おれ達自身が強くなって力を手に入れることなんだ。ウィン様の力になれるかもしれないし、こちらの……人間の問題を解決しやすくなる。それがサクヤのためにもなるんじゃないのか」

「……だけど……兄さんが傷付くのは僕も嫌だよ」

「大丈夫だ。おれは強い！　知っているだろう？」

「うん……」

リオンは時折不安そうな目をするが、おれがいれば大丈夫と教える。

「心配するな。おれ達は今までも乗り越えてきた。今回もいけるはずだ！」

「……うん。そうだよね。ありがとう兄さん」

「いいさ。おれ達の仲だからな」

そして俺は、今日気になったことについて話すことにした。

「しかしリオン。盗賊達の様子についてはどう思う？」

「うん。サクヤちゃんが話している間に僕も聞いていたけど、なんだか変な感じだったよ」

「ああ。それにこちらの道になったら出てこないのも気になるな。単に全員捕まえただけかもしれないが……」

「思いだしたんだけど、領主がこの方面だけは全然警備に力を入れていない。っていうこともあるみたいなんだよね」

「わざと盗賊を放置している……ってこと？」

「もしくは、あいつらは領主の息がかかっている……実は、領主はパルマの村と秘密裏に裏で組んでいて、ここの人に近付いて欲しくないとか、色々とあるのかも」

「なら……その辺りも徹底的に調べないとな」

俺がそう言うと、リオンはふっと口元を緩《ゆる》める。

「明日は忙しくなりそう」

「それもそうだな」

それからおれ達はのんびりと話しつつ、交代で寝ることにした。

第2話

「うぅん……？」

わたしがふと目を覚まして上半身を起こすと、周囲はまだ暗いままだった。

火の側ではリオンさんが番をしていて、ゆったりと本を読んでいた。

ただ警戒はしているようで、わたしが目を覚ましたことにすぐに気付いて笑いかけてくれる。

「どうかしたの？　眠れない？」

「いえ……なんだか……起きないと……って」

「そうなの？」

「はい……」

わたしは気持ちよさそうに仰向けで寝ているヴァイスの頬を撫でる。

「ウビャ……」

眠っているからか、いつものように大きな反応はしない。でも、ゆったりとした動作でわたしの手に顔を擦り付けてきた。

「ふふ」

そこで、エアホーンラビットの姿がないことに気付いた。

ヴァイスの隣にいたと思ったのだけれど……。

「あれ？」

そこにエアホーンラビットの姿がなく、わたしは意識が一気に覚醒《かくせい》する。

「サクヤちゃん？」

わたしの異変に気付いてくれたのか、リオンさんが本を閉じてじっとこちらを見た。

「エアホーンラビットは見ませんでしたか？」

「ああ……そこにいるよ」

リオンさんの指した場所に目を向けると、エアホーンラビットが座っていた。よかった……

ただ、ただじっと森の方を見ている。

「あの……何を見ているのか分かりますか？」

「ううん。急に起き出してきて、それからずっとああなんだ。僕も近くに行ってみたけど、何を見てるかは分からなかった。でも、魔物の気配もしないし、多分……森が恋しいのかも」

「そっか……元々この森で生きてたから……」

確か、ケンリスの街の壁が壊れた時に、街に入り込んだはずだ。なら、この森に家族とか……いるのだろうか。

そもそもこのエアホーンラビットは、わたしと従魔契約を結ぶと、魔力を受け入れきれずに弾け飛んでしまう恐れがあるため、近いうちに、王都の牧場に移す予定なのだ。

でも、この子が森に帰りたいなら、その意思も尊重してあげたい。

ウィンの上から起き上がり、エアホーンラビットに近付く。

「ねぇ、ちょっとだけ森に行ってみない？」

「キュイ？」

エアホーンラビットの目は、いいの？　と言っているように見える。

しかしリオンさんは心配そうに声をあげる。

「サクヤちゃん。危ないからダメだよ」

「ちゃんと結界魔法を張っていきますから大丈夫です」

「でも……迷うかもしれないし」

「火が見える所までしか行きませんから」

「……分かった。約束は守ってね？」

「はい。ありがとうございます」

許してくれたリオンさんにお礼を言って、わたしは自分達を囲うようにして結界魔法を作る。

「〈結界の創生〉……さ、ちょっとだけ行こう？　二人だけの夜のお散歩に」

「キュキュイ！」

エアホーンラビットは鳴きながら跳《は》ねて、喜びを表現している。

わたし達が一緒に歩く森の中は、夜だから当然のように暗い。

でも、ここ最近の魔物の移動があったせいか、ところどころで木が倒れていて、意外と空が見えている。そのおかげで星々の明かりが入り込み、森の中を照らしてくれていた。

「キュイー！」

「そんなはしゃがなくても……でも、来たかったのならそうなるかな」

エアホーンラビットは歩くだけでは足りないのか、結界の中ギリギリを走り回る。

わたしはその様子を見て、もしかしたら結界はなくてもいいのかもと思った。

「ねぇ、君は結界の外に出てみたい？」

「キュイ？」

またしても、いいの？　という顔のような気がする。

「うん。ただし、わたしが見える場所にいること。どんな魔物であっても、出会ったらすぐにこっちに戻ってくること。これが条件だよ？」

「キュキュイ！」

「気を付けてね」

「キュイ！」

エアホーンラビットはブンブンと音がするほどに首を縦に振る。

わたしはそっと結界を操作して持ち上げ、エアホーンラビットが出られるだけの隙間《すきま》を作った。

「キュキュイー！」

エアホーンラビットはその隙間から這《は》い出て、わたしの周囲を縦横無尽《じゅうおうむじん》に走り回る。

地面を駆《か》け、木を蹴り、岩の上に着地する。

元々こうやって遊んでいたんだ、とわたしに見せつけるかのように、動き回っていた。

「森が好きなんだね」

「キュイ！」

エアホーンラビットは楽しそうに走り回る。

わたしは後ろの方に見える火を確認しつつ、時折こっちの方を見ているリオンさんに手を振り返す。

「あれ？　どこ行ったの？」

そんなことをしていると、気付いたらエアホーンラビットがいなくなっていた。

「え……どこ!?」

「キュイ！」

「ほ……びっくりした……」

消えたと思っていたエアホーンラビットは、文字通り透明化して姿を消していた。

こんなところで驚かせないでほしい。ただ、そうやって楽しむくらいには、わたしと仲良くしたい……ということかもしれないと思った。仲良くない人には突っ込めない的なあれだ。

「キュキュイ！」

「え？　こっちに来いって？」

「キュイ！」

そんなことを思っていると、エアホーンラビットがついてくるように急かす。でも、ここからあまり離れすぎるのは……。

「キュイ！」

「あ！　ちょっと！」

しかしエアホーンラビットが急に走り出してしまったのでわたしは追いかけるしかなかった。

まあ、最悪結界魔法があれば大丈夫だし、敵が出たら水魔法でなんとかしよう。倒せはしなくても、時間くらいは稼げるはず。

エアホーンラビットを追いかけて、一分もしないうちに、森の中にぽっかりと開いた広場に出る。

「ここは……」

「キュイ！」

エアホーンラビットはその広場の真ん中にデンと鎮座《ちんざ》する岩をテシテシと叩く。

「ここで寝ろってこと？」

「キュイ」

エアホーンラビットが頷いてそこに寝転がったので、少しだけなら……と、わたしも岩の上に仰向けで寝る。

「うわぁ……きれい」

空には眩《まばゆ》いほどの星が煌《きら》めいていて、手を伸ばせばどれか一つは届くのではないかと思えるほどだった。

夜空の天幕《てんまく》を眺《なが》めながら、わたしはのんびりと口を開く。

「君は……いつもこんなきれいな空の下で寝ていたんだね」

「キュイ」

「それを……わたしに見せたかった……ってこと？」

「キュイ」

そうだよ。

エアホーンラビットはそう言っているような気がした。

森はこの子にとってとてもいい場所で、やっぱり……ここが好きなのかな。

「君は……やっぱり森が好き？」

「キュイ」

「なら……わたしと来るより――」

「キュイ」

わたしがそれ以上言う前に、口に優しく前足が置かれた。

わたしはエアホーンラビットとしばらく見つめ合い、その気持ちを理解した。

「キュキュイ」

「そっか……ごめんね。でも、それなら、これからよろしく」

「キュイ」

それから、わたし達はただ夜空を見上げ続けた。

「全く……こんな所で寝て……風邪《かぜ》を引いたらどうするのだ」

夢の中でウィンの声がする。

そして、すぐにいつものウィンの温かな毛の感触に包まれた。


結局、わたし達は迂回ルートを通って、ウィンが行きたいと言っていたパルマの村に到着した。

村の周囲は柵《さく》で覆《おお》われているけれど、所々ボロボロで役目を果たしていないように見える。

さらに、村の入り口に立っている門番らしき青年は、見るからに顔色が悪い。

「サクヤ。おれ達が先に行くから前に出るなよ」

「はい」

クロノさんが交渉をしてくれるということだろうか。

わたし一人で村に行こうとしたら怪しがられるだろうから助かる。

というか、もしわたし達だけで来てたら、かなり不審者だったんじゃ……。

そんなことを思いながら村に近付くと、青年は震える腕で槍《やり》を構えてくる。

「お前達、村の人間ではないな？　一体何者だ？」

そう言われてクロノさんは立ち止まり、名乗りをあげる。

「おれ達はケンリスの街から来た冒険者だ。少しこの村を見たいと思って来た」

ウィンがフェンリルであることを言っていいのか分からないからそう言ってくれたのだろう。

でも、急に現れてそんなことを言って信じてもらえるだろうか。

「この村を見たい……？　本当か？」

青年は信じられないと言いたげな顔でクロノさんを凝視《ぎょうし》している。

「ああ、本当だ。それ以外に理由はない」

「……」

疑わしそうな目で見ているので、もしかして誰か呼ばれる？

そう思った次の瞬間。

「そうか。よく来たな。何もない村だが俺達にとっては自慢の村だ。ゆっくりしていってくれ」

「ああ、感謝する」

わりと好意的に受け止められた。ただ、視線は少し鋭い気もする。

気のせい……かな？

それからウィン達のことも特に何も言われずに村の中に入っていく。

『〈風の結界〉』

ウィンは自分の声が漏れないように魔法を使う。

「ウィン。どう？　昔あった村と一緒？」

「昔……とそこまで変わらない。いや、昔よりも衰退《すいたい》しているような気さえする」

「そうなの……？　そもそも、昔のこの村ってどんな場所だったの？」

「そうだな……この村は……」

ウィンはそう懐かしむような表情で、この村のことを語ってくれた。

このパルマの村は、三百年前はこの一帯でもっとも栄えていて、力も持っていた。

そして、優秀な薬師《くすし》……薬を作れる人が多くいて、その薬を販売して生計を立てていたらしい。

街並みはそこまで変わっていないけど、家はボロボロになっているそうだ。

ちなみにケンリスの街は、三百年前だととても小さかったんだとか。

確かに、わたしから見ても結構ボロボロな家がそれなりにあって、人が住んでいるのか？　と、思えるものもある。

それに、村の中を歩いている人もあまりいない。昼前だし、みんな仕事に出ているのだろうか？

ウィンが満足するまで見て回ろうか。と話していたら、突然ウィンがわたしに言う。

「サクヤ。俺の中に隠れていろ」

「え？　う、うん」

わたしはヴァイス達と一緒に、ウィンの毛皮に隠れる。

すると直後に、腰や手に武器を提《さ》げたり持ったりした若者達が現れた。少し申し訳なさそうな雰囲気で、ちょっと顔色が悪い。

ただ、先頭の青年は様子が違って、こちらを睨《にら》んでくる。

「お前ら、ケンリスの街から来たんだってな？　この村になんの用だ」

オレンジ色の髪を逆立てるようにして、体はそれなりに筋肉質。でも、着ている服はローブで、剣士なのか魔法使いなのか分からない出で立ちだ。とても気が強そうに見える。

そんな彼に答えるのはクロノさん。

「ただ見たいだけだ。問題があるのか？」

「あるな。お前らケンリスの街の奴らが、俺達に今までしてきたことを考えたらなぁ！」

「詳しくは知らないが、そのために道中に盗賊を置いているのか？」

クロノさんも彼と周囲の人達の雰囲気の差が掴《つか》めないのか、探るように聞く。

しかし相手の青年は、眉間《みけん》にしわを寄せて怒る。

「あ？　盗賊を差し向けてんのはそっちじゃねぇか」

え？　どういうこと？

これにはわたしだけじゃなくて、こちらサイド全員が首を傾げていた。あ、ヴァイスとエアホーンラビットはぼんやりと聞いているだけだけど。

クロノさんは慌てる。

「お前達が村に近付けさせないようにしてるんだろ？　おれ達は昨日襲われたばかりだぞ？」

「なんで俺達が盗賊なんて差し向けんだよ。ただでさえ手が足りてねーのに、若い力を外に向かわせる訳ねーだろ」

「だからこそ、外で盗賊をして稼ごうとしているんじゃないのか？」

「魔物が活発になって攻めてきてるこのクソ忙しい時期に、人なんか襲ってたら村がなくなるわ。第一、俺達は薬を作って収入源にしてるんだぞ。そんなことする暇《ひま》あると思ってんのか？」

「……なるほど」

クロノさんが納得してしまった。でも、確かに納得したくなる。

村は結構寂《さび》れていていたし、柵も所々壊れていていて人の数も少ない。魔物が活発になってるという話だし、そんな時に、村へとやってくる道に――しかも薬を買うかもしれない人が通る道に、盗賊を置くなんて意味がない。

そこでわたしの頭に浮かんだのと同じ疑問を、クロノさんが尋ねる。

「なら、なんで道中には盗賊が出るんだ？」

「それこそ、お前達ケンリスの街の連中の仕業じゃねぇのか」

「領主が盗賊を雇っている……と言いたいのか？」

「……それ以外考えられねぇだろうがよ」

青年に睨まれながら、今度はリオンさんが尋ねる。

「ちなみにその証拠……っていうのはありますか？」

「あったとして、お前達に教えると思うか？　俺達はお前達を信じていない」

そりゃそうだよね。

クロノさんも再び納得したように頷きながら、問いかける。

「あるのか……なら、どうやったら信じてもらえる？」

「ほう、ちょうどいい。ケンリスの街ではキングクラブが採《と》れたはずだな？　それを持ってこい」

「ん？　いきなり話が飛んだぞ？」

「今の俺達にはキングクラブの素材が必要なんだ。だから、それを持ってきたら信用する。それだけだ」

信頼するのに素材を……？　なんで？

わたしはウィンの毛から出て聞く。

「あの、なんでキングクラブなんですか？」

わたしがウィンの上から頭を出すと、青年は目を大きく開けて驚く。

「こんなかわいい子供を連れて危険な森を歩くんじゃねぇよ」

彼の言葉に、彼の後ろの人達も頷いた。

「……あの、それでどうしてキングクラブが必要なんでしょうか」

わたしは相手の発言をとりあえずスルーして、ウィンの上から彼に聞く。

「それは教えられねぇ。だが、必要なんだ」

そう言って口を閉ざしてしまう。でも、とても大事なことのように感じる。

なので……。

「クロノさん。取りに戻りましょう！　きっとそれがこの村のためになるはずです！」

「サクヤ……」

「サクヤちゃん……」

『サクヤ……』

「ウビャァウ……」

「キュキュイィ」

それぞれ全員がわたしの名前を呼んでいるっていうことでいいのかな？

てかヴァイスは念話使えるでしょ。

「ダメだ」

でも、それを止めてくる人がいる。

わたしが誰かと思って声のする方を見ると、それはキングクラブの素材を持ってこいと言っていた彼本人だった。

「え？　なんでですか？」

今、持ってこいって……。

「持ってこいとは言った。だが、お前はダメだ」

「……あの、理由を聞いても？」

「今は森が活発になっていて危ない。たまたまここまで無事に来られたかもしれないが、帰りはどうなるか分からん。キングクラブを持ってくるのはあいつらに任せて、お前は残ればいい」

そう言ってクロノさんを指差す青年。

それが優しさかなんなのか分からずに戸惑っていると、クロノさんが怒りの声をあげた。

「ふざけるな！　サクヤはおれ達が守る。だからちゃんと連れていく！」

「そうだよ。僕達、こう見えてもAランク冒険者だからね？　サクヤちゃん一人守るくらい問題ないよ」

クロノさんとリオンさんがそう言ったかと思えば、青年が首を横に振る。

「だとしても、村から出さない方が安全だと思わないか？　この村は確かに少し寂れてきているが、まだ魔物から守れるだけの力はある。それに、ここからケンリスまでは野宿をさせるんだろう？　かわいそうじゃねぇか。固い地面に干した食い物なんてよ。お前達が行っている間はここで預かった方がいいと思わねぇか？」

すごい熱弁してるけど、なんでそんなに熱くなってるんだろう。

「だとしても、サクヤはおれ達が守ると決めている。それに、この村の者達よりも、おれ達二人の方が強い」

「だね。それに、サクヤちゃんはウィン様……彼女の従魔に乗って寝るから夜も危なくないよ。それに、僕達はマジックバッグも持っている。ここに残るよりもいいものが食べられるんだよ」

やばい。なんだかクロノさん達もさらに熱くなってる。

「だが、村の警戒しなくてもいい安全な場所でこそゆったりと美味《おい》しい飯も食えるし、休むこともできると思うんだがな？」

青年がそう言うと、わたしの下から声があがった。

「貴様、俺の上ではぐっすり眠れず不安を感じさせると？　よくもそのようなことが言えたな、このふぇん……」

わたしは慌ててウィンの口を閉じる。

『ウィン⁉　どうして喋ったの⁉』

その場にいた全員の視線がわたし……いや、ウィンに向いている。

『ついムキになってしまった。反省している』

ウィンはそう言って丸くなる。

上から覗《のぞ》くと、無表情だけど、耳がちょっと垂れていた。あ、すぐに尻尾で顔を隠した。

どう誤魔化《ごまか》そうかと思っていたら、クロノさんがウィンの物真似をするように口を開いた。

「お、おれの上で寝たらおかしいか？　サクヤは文句は言わんぞ」

「は？　お前の上で寝てんのか？　どんな寝方してんだ」

「そ、それは……一番下にその狼の従魔、その上におれ、その上にサクヤ、一番上に二体だ」

ブレーメンの音楽隊ですか？

いや、あれは演奏している時だけで、寝ている時は普通に別だろうけど。

「兄さん。なんで僕がいないの？」

リオンさん、今はそっちの問題じゃないです。入っていないのはかわいそうだけども。

「リオンは周囲の警戒だ」

「大事だけど酷い！」

「リアリティは大事だ」

こんなことにリアリティと言われても……。

そんなことを思っていると、ヴァイスとエアホーンラビットが鳴く。

「ウビャウ！」

「キュキュイ！」

「どうしたの？」

『ボク、サクヤの下！』

「え？　ヴァイスはわたしの下？」

「ウビャウ！」

「キュキュイ！」

ヴァイスだけじゃなく、エアホーンラビットも自分が下だと言うように頷く。

いや、ヴァイスはともかくエアホーンラビットは下だと角《つの》が思いっきり刺さりそう。

「って、収拾がつかなくなりそうなので！　わたしは残ります！　クロノさん！　リオンさん！

納得してください！」

「どうしてだ⁉」

「そうだよ！　ちゃんと守るから！」

驚く二人に、わたしはちゃんと説明する。

「いいえ、わたしは残った方がいいと思います。わたしがこっちの方で力になれることがあるかもしれませんし、それに、お二人の力を信じてますから！　すぐに迎えに来てくれると！」

「「！」」

クロノさんとリオンさんはハッとしたあと、少し顔を見合わせてから、青年の顔を見る。

「それじゃあ行ってくる。サクヤにもしものことがあったら許さないからな？」

「キングクラブが一体でいいんだね？」

「あ、ああ。それでいい」

青年がちょっと動揺《どうよう》しながらも頷くと、二人は走り去っていく。

「サクヤ！　明日には会おう！」

「流石にそれは無理だから！　明後日には戻ってくるつもりだよー！」

そう言って、今まで見たことない速度で走っていった。

「あれ……体力持つのかな」

わたし達は二人の姿が見えなくなるまで、ウィンの上でしばらく背中を見つめていたのだった。


「本当にすみません……。いきなりこんなことに巻き込んじまって」

そう申し訳なさそうに謝ってくるのは、さっきの青年の後ろにいた少年だ。

あのあと、青年はこの子以外の全員を引きつれて、どこかへ行ってしまった。

そして、今日の寝床への案内役として残されたのがこの少年——アルト君だ。

十三歳で、栗色《くりいろ》の髪をおかっぱにしていた、優しそうな子である。

「わたしは大丈夫ですから、気にしないでください。せっかくなので、この村を案内してくれませんか？」

わたしがウィンから降りてそう言うと、アルト君は頷いた。

「僕でよければいくらでも。それに、ライネスの勝手で残っていただいて本当にありがとうございます」

どうやらあの青年は、ライネスという名前らしい。

それにしても、アルト君は小さいのにしっかりしているなぁ……今は私の方が子供だけど。

「あの……ライネスが……本当にすみません」

彼はそう言って足を止め、わたしに頭を下げてくる。

「気にしていませんよ。わたしのためを思って言ってくれたんでしょうし。キングクラブもこの村のために必要なんですよね？」

「そうなんです。ライネスは村長の息子なんですけど、村のことを大切に思っていて、すごくかっこよくって……僕の憧《あこが》れなんです！」

「憧れ？」

「はい。ライネスは昔から責任感が強くて、この寂れゆく村をなんとかしたいって、色々と頑張ってたんです」

そう話すアルト君は、とても生き生きとした表情をしている。

「何をしてたの？」

「それはもう……新しい薬の開発をしようとか、新しい流通網《りゅうつうもう》を作れないかとか、色々と提案していたんです」

「提案？」

「はい！　今は寝ていますが、村長達にこの村を大きくできないか相談してたみたいで」

「頑張り屋さんなんだね」

「そうなんです！　とっても自慢の人です！」

アルト君は、さっき申し訳なさそうに謝っていたのが嘘のように笑顔になっている。さぞかしライネスさんのことを尊敬しているのだろう。

テンションを上げすぎたことに気付いたのか、慌ててまた謝ってくる。

「ごめんなさい！　ついつい話してしまって……」

「ううん、気にしないで」

そんな感じのことを話しつつ、わたし達は村の中を歩く。

それと同時に、わたしはウィンとも話をする。

『ウィン。フェンリルだってこと、まだ言わない方がいいんだよね？』

『ああ、言わなくてもいい』

『理由を聞いてもいい？』

『……』

ものすごく言いたくなさそうな雰囲気を出している。でも、わたしに聞かれたから答えた方がいいのだろうかとか迷っている雰囲気もある。

わたしはウィンの足に抱きつく。

『ウィン。言いたくなかったら言わなくてもいいからね？　わたしが言ったから……とか、考えないで』

『しかし、俺はサクヤの従魔で……』

『従魔だからって、わたしに全部従う必要はないよ。だから、ウィンが話してもいいってちゃんと納得できたら、そのうち話して。それまでは話さなくてもいいから、ね？』

『サクヤ……ありがとう』

ウィンはそう言って、顔を鼻でつついてくる。

「もう……くすぐったいよウィン」

「すごく……大きな狼の従魔ですね。まるでこの村にいたとされるフェンリル様のような……」

「!?」

不意にアルト君に声をかけられて、わたしはハッとする。

もしかして気付かれた!?

そうか、そうだった。ウィンは昔ここにいたんだ、なら知り合いとか……いや、いる訳ないか。人間は三百年も生きられないし。でもエルフとかなら……もしかして……。

わたしは背筋から冷や汗を流しながら、アルト君に聞く。

「アルト君」

「なんでしょう？」

「この村ってエルフとかいる？」

「いませんよ？」

「そっか」

よかったー！　昔のウィンと会ったことのある人は誰もいなそうだな。よしよし。

「でも……あ、これはダメだった」

何か言いかけてやめたアルト君に、わたしは首を傾げる。

「ダメ？」

「な、なんでもないです。気にしないでください。と、流石にウィン様はフェンリル様ほど大きくはないですね」

「大きく……？」

わたしが聞くと、彼は正直に答えてくれた。

「はい。フェンリル様はまるで山と見間違えるほどの巨体だったと聞いています」

「そうなんだ……へー」

当のウィンは、わたしの顔を鼻でつんつんしてるんだけどね。別に山のように大きいってほどじゃない。

『あの牢《ろう》に捕らえられるまでは大きかったのだ。魔力を吸われて徐々に小さくなってしまった』

『そうなんだ……』

魔力を吸われると小さくなるのか。

なら、ヴァイスとかどうなっちゃうんだろう。ただでさえ小さくてかわいいのに……手乗りサイズになってしまうとか？　でもそれはそれで……。

そんなことを思っていると、アルト君が寂しそうに言う。

「もし……今ここにフェンリル様がいたら、キングクラブを持ってきてくれるか、回復魔法使いを連れてきてくれたのでしょうか」

「どうだろうね……って、今、回復魔法使いを連れてくるって言った？」

「はい？　言いましたよ？」

アルト君はそれが何か？　とでも言いたげな顔をしている。

「キングクラブと回復魔法使いって……何か関係があるの？」

わたしがちょっとした世間話のつもりで聞くと、アルト君は少し迷いながらも答えてくれる。

「実は……キングクラブが必要なのは、魔物の毒に侵された人達の治療《ちりょう》のためなんです」

「毒……」

「はい。実はライネスは、街道の盗賊だけじゃなくて、その毒の魔物もケンリスの人達の仕業だと考えているらしくて……」

それでケンリスの街を目の敵《かたき》にしてたのか。

「もしかしてなんだけれど、回復魔法が使えれば、毒に侵された人達……って治せるの？」

「回復魔法だけだと、進行を遅らせるくらいだった気が……回浄《かいじょう》魔法だったら治せると聞きましたね」

回浄魔法？

『回復と浄化を同時に行《おこな》う魔法だな』

不思議に思ったらウィンがすぐに教えてくれた。

「ふ、ふーん。それを使える人っていないの？」

「いたら苦労していませんよ。回復魔法ですら使える人はあんまりいませんし、いてもケンリスの街とか大きな街に行ってしまいます。回浄魔法なんてなったらもっと……それこそ宮廷《きゅうてい》に仕えることができますよ」

寂しそうに答えてくれるアルト君。

「なら、なんで回復魔法を使える人を探してるの？」

「今も村長達は毒で苦しんでいます。回復魔法があれば、少しでも癒《い》やすことができるので……」

「なるほど……」

わたしは念話でウィンに聞く。

『ちなみになんだけどウィン。わたしって回浄魔法を……』

『当然使えるぞ』

「やっぱり！」

「サクヤちゃん!?　どうしたんですか？」

急に声をあげてしまったからだろう、アルト君が目を丸くして聞いてくる。

「あのね……わたし……毒を治療できるかもしれない」

「本当ですか!?」

「うん……」

クロノさん達に行ってもらったのはなんだったんだろうとなってしまうかもしれない。

「そ、それは回復魔法ですか？　それとも……回浄魔法ですか？」

「うん……回浄魔法……使えるかも」

「本当ですか⁉　なら今すぐに……」

「ま、待って！　今すぐにはできないの！」

「え……どうしてでしょうか」

アルト君はわたしの手を掴んでいて、すぐに毒で倒れた人の所に行く気満々だ。

まずはちゃんと説明をしないと。わたしは少し深呼吸をして、アルト君に答える。

「あのね。わたしは回浄魔法が使える素質はあるみたいなの」

「はい」

「だけど、実際に人を回復させたことはないし、そもそも使い方も習ったことがないの」

「そんな……」

喜びにあふれていた顔が一転、絶望したような顔になる。だけど、使えないで終わらせるつもりはない。

「あのね、村には回復魔法を使える人がいないって聞いたけど、回復魔法の使い方を知っている人はいないかな？　それか、回復魔法の使い方が書かれた本があるとか……どう？」

おそらく回浄魔法は、回復魔法の上位のもの。だからまずは回復魔法を覚えて、それをヒントに回浄魔法も覚えられたりしないかなと思ったのだ。

「そっか……それなら知っているかもしれない人の所に行きましょう！」

「わ！」

アルト君は突然、わたしの手を取って走り出す。でも、十三歳と五歳の身体能力は明らかに違う。わたしは転びそうになったところで、気付くとウィンの背中に乗っていた。どういう原理だったかは分からない。でも、気が付いた時には乗せられていたのだ。流石ウィン。

すると、そんなウィンから念話が届いた。

『人に話すのもいいが、自分のことも大切にせねばならんぞ?』

『ありがとう。ウィンがいたから助かったよ』

『サクヤの怪我は世界の損失。絶対に阻止するさ』

『う……うん』

流石に世界の損失はちょっと盛りすぎではなかろうか。でも今はそんなことは後だ。

アルト君は手を引いていたはずのわたしが急にいなくなったことに気付いたようですぐに立ち止まる。そして、いつの間にかウィンの背中に乗っているわたしを見つけて、謝ってくる。

「ごめんなさい。焦《あせ》ってしまって……」

「だ、大丈夫。ウィンがすごいから」

「ありがとうございます。ウィン様」

アルト君はそう言って頭を下げた。

ウィンは気にするなと言うように首を振る。

そして、わたしが彼の気持ちを代弁した。

「気にしないで! わたしはウィンの上に乗っていくから急いで行こう!」

「はい！」

彼はそう言って走り出し、ウィンがそれについていく。

その間に、わたしは少し不満そうにしていたヴァイスとエアホーンラビットを撫でる。

「ごめんね。ちょっと手が離せなくって……」

アルト君に聞こえない声で二体に話しかけながら撫でる。

このモフモフは何度撫でてもいい……。

ヴァイスとエアホーンラビットも、気持ちよさそうに目を細めていた。

「着きました！」

と、アルト君の声で至福の時間は終わりを告げ、わたしはウィンから降りる。

目の前には、この村で見た中では一番の大きさを誇る二階建ての家があった。

「長老ー！　いるー？　今すぐに聞きたい大事なことがあるんだー！」

そう言ってアルト君は扉をドンドンと叩く。

しばらく待つと、扉がゆっくりと開かれた。

そこから現れたのは、真っ白な髪に、目を隠すほどに眉毛が伸びてだらりと垂れた老人だった。

彼は杖《つえ》をついていて、顔がアルト君とわたし、それからウィンに動いていく。

「なんじゃアルト？　と、そちらのかわいい嬢ちゃんは……いや、その隣の……」

「長老！　回復魔法の使い方って知らない？　今とっても大事なことなんだ！」

「回復魔法の使い方？　はて、わしは知らんのう」

「じゃあじゃあ、回復魔法の使い方が書かれた本とかない⁉」

「そんな高価な本などある訳なかろう」

「そんな……」

アルト君の体から力がゆっくりと抜けていく。

それを見て、長老は考えるように杖をついていない手をアゴに当てた。

「しかし、回復魔法を使っていた者なら知っておる」

「使っていたって……それじゃあ意味ないんじゃ……」

「じゃがそやつは日記を書いておってな？　もしかしたらそこに載《の》っておるのではないか？」

「本当⁉　それって誰⁉」

「誰も何も、お主の祖母じゃよ。アルト」

「え……」

アルト君がビクリとして、動きが止まる。

「お祖母《ばあ》ちゃんって……回復魔法使いだったの？」

「そうじゃよ……その時は近隣からも癒やしてほしいと人が来るくらいでな。それはもうこの村は……」

「ありがとう長老！　また今度！」

アルト君は話の途中だというのに、そそくさと長老の前から走り去っていく。

「あ、ありがとうございました！　ウィン。追いかけて」

わたしは一言だけあいさつをして、急いでウィンに乗る。それからアルト君の後を追いかけた。

彼は一心不乱に走り、さっきの家よりも一回り小さい家に飛び込む。

「ただいま！　入って！」

わたしとウィンはそのまま飛び込むようにして入った。

「おじゃまします！」

アルト君はそのまま一階の部屋に入っていく。

その部屋の中には、多くの本が転がっていて、棚の中には薬や素材らしき物が入った瓶などが所狭しと置かれていた。

彼は息を切らして、本棚をわたしに示す。

「この中にお祖母ちゃんの日記とかがあるはず！　だから探してみて！」

「え？　アルト君が確認してからの方がいいんじゃないの？」

流石に人の日記を読むのはプライバシー的にやりたくない。

「気にしないで！　僕は文字が読めないし。それに、誰かの役に立ってくれる方が嬉しいと思う！」

そう自信満々に言われてしまうと、わたしとしても断るに断れない。

確かに、急いで治療した方がいいに決まっている。今も毒で苦しんでいる人がいるのなら、すぐにでも取り掛かるべきだ。

わたしでは高さが足りないので、ウィンに乗せてもらったまま、本を手に取る。

さて、どこに回復魔法の使い方が……。

わたしはパラパラと全部のページをめくり――そして、本を閉じてアルト君を見た。

「アルト君……」

「何？」

「わたしも文字が読めないや」

わたしの言語理解スキルって、言語には対応してくれていても、文字には対応してくれなかったらしい。


「――ということで連れてきました」

それから、わたし達は文字が読めないということで、作戦を考えた。

文字が読める人を連れてきて、音読してもらおうと。

そのためにアルト君に連れてきてもらったのが……。

「たく。なんで俺なんだよ。こっちはこっちで忙しいんだぞ？」

ライネスさんである。

わたし達が一通りの流れを説明したのだが、溜息《ためいき》をつかれてしまった。

「だって、仕方ないじゃないですか。この村で文字が読める人って少ないんだから」

アルト君の言葉に、わたしは納得する。文字を覚えるのって、高等教育のはず。

ライネスさんもそれには納得しているのか、アルト君には特に言い返さずにわたしを見る。

「お前、本当に回復魔法が使えるのか？」

「使えるはずです」

「なら、俺が読んで大事そうなところを教えてやる。すぐに使えるようになってみんなを癒やしてくれ」

「が、頑張ります」

ライネスさんはそう言って、おばあさんの日記らしき本を開く。

すると、アルト君が口を開いた。

「それでは僕は出ていますね。いても邪魔になるだけだと思うので、必要があったら呼んでください。家の近くで仕事をしておきます」

「ああ」

そう言ってアルト君は出ていく。

ライネスさんが日記をパラパラとめくって内容を確認している間、わたしは暇になった。

なので、ヴァイス達をくすぐりながらウィンと話す。

『一応聞くけど、ウィンは回復魔法の使い方って知らないんだよね?』

『知らんな』

『だよねぇ』

さっき自分が教えるって言いださなかったあたり、なんとなくそうだとは思っていたけれど、確認は大事だと思う。

『だが、正しい知識がないといけない。ということは聞いたことがある』

『正しい知識？』

『そうだ。回復させる体の構造がどうなっているのかを正しく知らないと、危険な回復をしてしまう……と』

『つまり、人の体の骨はどうなっているのか……とか、筋肉はどういう感じについているのかを知らないといけないっていうこと？』

『流石サクヤだ、理解が速い。昔に話した回復魔法使いがそんなことを言っていた』

なるほど……想像だけで回復をさせることはしちゃいけない、っていうことなのかな。聞いておいてよかった。

それから、ライネスさんに訪ねる。

「あの、どうですか？　書いてありますか？」

「ん……いや……そうだな。あるような……ないような……」

なんとも要領を得ない返事だ。

「ただ……書いてあるには、実践あるのみだそうだ」

「いや、やり方が分からないのに、実践なんてできる訳ないじゃないですか」

「気合でやってみれば大抵なんとかなるって書いてあるが」

「気合を過信しすぎですよ。脳筋《のうきん》すぎません？」

ウィンは正しい知識がいると言っていたのに、今度はやってみればいけると。

まるで反対のことを言われて、戸惑わずにはいられない。

「そうか……そうか、ならもう少し待っていろ」

「分かりました」

それからしばらく、ライネスさんは真剣な顔つきで日記を読み込んでいた。彼は何冊か本を変えて読み込み、わたしはのんびりとヴァイス達と遊ぶ。

ちょっと眠たくなってきたところで、ライネスさんがパタンと本を閉じて口を開く。

「よし、分かった。ある程度は教えられると思う」

「むにゃ……ん？　はい……はい！　分かりました」

「……」

人が真剣にやっている時に……と言いたげな怒りを感じる。でも、今は覚えるのが先なのか、特に言われるようなことはなかった。

「いいか？　回復魔法は人体を正しく知る必要がある」

「はい」

さっき聞いた。

「そして、基本的なことに絞《しぼ》って読み込んでいたが……回復魔法っていうのは、元々の状況に復帰させる魔法。ということだ」

「状況に復帰？」

「そうだ。俺は今のこの状態が普通だ。だが、怪我をしたら、それが普通ではなくなってしまう。その状態を普通に戻す。ということができるのが回復魔法だ」

「なるほど」

「だから、体の形なんかを知っている必要がある。正しい形を知らないと、違った形に変わり、それがその人にとっての普通になってしまう」

「あー。骨折してそのまま治療したら、その曲がったのが普通の状態になってしまう、みたいな話ですか。正しい位置を覚えていない人が治療したら悪化してしまうんですよね」

確かこれは地球でも聞いたことがある気がする。骨が曲がったまま くっついてしまう。そうならないように、ちゃんとギプスとかで固定しているはず……違ったらまずいけど……。

ライネスさんは驚いた顔をしながらも、頷いてくれる。

「その通りだ。理解が早いな」

「ありがとうございます」

「では次に、その元の状態を知るために必要なことがある。このページを見て、ここに描かれている人体図をしっかりと覚えて、それの通りに人を元に戻すイメージを固めるんだ」

ライネスさんが出してきたのは、男女別々の絵だ。

筋肉はこうついているとか、骨格はそれぞれこう違っているとか、そういったことが事細かに書かれている。絵を見ているだけだけれど、体の部位は地球の人と同じようだ。

これなら特に問題なく治せるかも。

「どうだ？　できそうか？」

「多分……大丈夫だと思います。でも、ぶっつけ本番では怖いので、軽い怪我をした人はいないでしょうか？」

練習できる機会があるなら欲しい。同意も得てからにはなるけど。

「そうか。それなら任せろ」

「え？」

彼はそう言って懐《ふところ》から短剣を出すと、自身の左手に軽く突き刺す。

そこまで強い力には見えなかったけど、血が出るくらいには刃が刺さっていた。

「ちょ、ちょっと何してるんですか⁉」

「何って、お前の回復魔法の練習以外に、こんなことをする理由があると思ってんのか？」

「他にいる怪我人でいいじゃないですか⁉」

「練習をさせるほどのちょうどいい怪我人なんかいねぇ。それに、できる限り急いで覚えてもらいたいからな。そのためだったら、腕の一本や二本なんてことはねえよ」

「……分かりました。やってみます」

ライネスさんは覚悟の決まったような顔で、わたしをじっと見ていた。

それだけ、毒で倒れている人達を救いたいのだろう。

なら、わたしはその期待に応えるために全力を尽くすだけだ。

「ライネスさん。詠唱《えいしょう》は分かりますか？」

「……〈回復の祈《いの》り〉と書かれていた」

「分かりました。腕をこっちに見せてください」

ライネスさんは素直に従ってくれる。

口は悪いけれど、アルト君が言っていたように責任感が強いのだろう。やらなければならないことがあって、そのためにできることをする。

わたしはそんな人の力になってあげたい。目を閉じて回復魔法を使う。

「――〈回復の祈り〉」

詠唱の後に目を開けると、ライネスさんの体、特に左腕が強く光り、血が止まっていた。

光が消えたのを確認して、わたしは聞く。

「どうでしょう？　痛い所はありますか？」

「いや……ない。本当にもう覚えたのか？　小さな怪我を治療するだけでも魔法の習得に一か月はかかるって書いてたんだが……」

「いやー、たまたまですよ」

一か月かかるのに刺さないでほしい。というか一か月もかかるなら、普通に自然治癒《ちゆ》の方が早く治るんじゃ……

『流石サクヤだ。俺が怪我をしても大丈夫ではないか？』

『それは絶対ダメ』

どさくさに紛れてウィンが何か言っていたので釘《くぎ》を刺しておく。

ライネスさんは今まで険しい表情だったけれど、少しだけ目元を緩める。

「この調子なら、本当になんとかなるかもな」

「ですね」

そんなことを話していると、部屋の外からドタドタと足音が聞こえる。音の主はわたし達の部屋の扉を勢いよく開けて入ってきた。

「大変だライネス！　患者達の容体が！」

「何⁉」

ライネスさんはすぐに足を扉の方に進めた。

「今行く！　サクヤ！　ここで待っていろ！」

「わたしも行きます！」

わたしはそう言ってウィンに飛び乗る。

「だが」

「そんなこと言い合っている時間はありません！」

「クソ！」

ライネスさんは言い合っている時間はないと思ったのか走り出した。

少し走ると、村長の家よりも大きな公会堂らしき建物に到着する。ライネスさんはその建物に入った。

わたしもそれに続くと、建物の中には寝かされている数人の人達がいた。

体には紫色の斑点《はんてん》が浮かんでいる。人によって広がり方が違うのは、進行具合の差だろうか。

「親父！　お袋！」

ライネスさんがそう叫んで近寄っていったのは、隣同士で寝かされている中年の男女だった。

呼ばれた二人は苦しそうにしながらも、ライネスさんを見返す。

「ライネス……お前達は……ここに来るな……」

「どうしてだ親父！　この毒は人にうつるものじゃないって言ってただろうが！」

「違ったんだ……これは……おれ達が知っている……毒じゃ……ないんだ」

「どういうことだ!?」

「ごふごふ！」

「親父！」

ライネスさんの父が、無理をしながらでも何かを伝えようとしてくれる。

「おれ達が……戦ったあの魔物は……おそらく……特異体だったんだ」

「特異体……」

「体が少し大きいくらいで、特に違いはなかったから間違えてしまった……あの毒も……我々が知っているものとは違ったんだ……」

「そんな……」

特異体とは、エアホーンラビットのように見た目が大きく違うものもいれば、その違いが分かりにくいものもいるという話だ。

今回は、見た目は大きく変わらず、毒だけが違ったということなのだろう。

「症状を抑える薬は効果があっただろう!?　なら違うことなんてないんじゃ……」

「だが、今を見ろ。おれ達の症状は悪化し、もう……いくばくもないだろう」

そう言っている間にも、彼の顔には紫の斑点が徐々に増えていく。

「この異様な速度を考えれば、どう考えても別の毒だ。つまり、感染の可能性が捨てきれない……だから早くここから出ろ！　他の者達もだ！　そして、全員が出たらここを焼き払え！」

「そんな！」

わたしも驚いて思わず声をあげてしまった。

確かに何が起こるか分からない毒ならそうした方がいいのかもしれないけど……わたしがやってからでもいいんじゃないのだろうか。

思わずといった様子で俯《うつむ》くライネスさんに、わたしは言う。

「ライネスさん。わたしがまずはやってみてもいいですか？」

「お前……だが、ここは……」

「いいですから。とりあえず任せてみてください。時間がないんでしょう？」

「……頼む」

わたしがそう言うと、ウィンは察してくれたのか村長の所に向かってくれる。

彼は呻《うめ》きながらも、わたしを見つめる。その表情は苦悶《くもん》に満ちていて、見ているだけでも痛ましい。

「君は……何を……」

「静かにしててください。〈回復の祈り〉」

わたしは村長が元気になるよう祈りを込めて、魔法を使う。苦しい状態かもしれないけれど、進行を止められる可能性があるのは今この時、わたしだけだ。だから、なんとしても彼を助ける。

神聖魔法なんて大層な魔法の名前をしているんだ。人一人を助けるくらいやってやる！

そう気合いを入れて魔法をかけているけれど、一気に治っていくような感触はない。でも、少しずつ、村長の体が力を取り戻しているような気配は感じる。

それから、十秒もしないうちに、わたしは彼にかける魔法を止めていた。

「とりあえずこんな感じではどうでしょうか」

彼の体の紫色の斑点は消えていない。でも、その色はかなり薄《うす》くなっている。そして、苦しそうな表情が和《やわ》らいでいた。

ライネスさんは信じられないと村長を見ていた。

「こんなことが……」

「これで問題ないなら、他の人もやっていきましょう」

「お前は……一体……」

「ただの子供ですよ」

あと五人。

わたしは、困っている人を助けたい一心で回復魔法を使い続けた。

わたしの魔力が多いこともあってか、なんとか全員分をやり遂げることができた。

「よかった。これでなんとかもちますかね？」

「ああ、感謝する。本当に……本当にありがとう」

「でも……まだ治った訳じゃありませんから、キングクラブの素材を持ってくるクロノさん達を待ちましょう」

わたしはそう言ってライネスさんに笑顔を向ける。

それから、わたしは継続的に回復魔法を使って、症状の進行が穏やかになるようにすることに決めたのだった。


それから二日後。

昼前に、ついにクロノさん達が到着した。

「待たせたな！」

「サクヤちゃん。酷いことされなかった？」

クロノさんとリオンさんは、わたしを見つけるなり駆け寄ってくる。

「大丈夫ですよ。それよりも、頼まれていたものは……」

「ああ、これだ」

そう言って、クロノさんはマジックバッグからキングクラブを出す。

ライネスさんは急いで駆け寄り、それを受け取る。

「感謝する！　この礼は必ずする！　だが、今は薬の調合を先にさせてくれ！」

「薬？」

クロノさんが首を傾げているが、ライネスさんは急いでそれを持って、数人の仲間と一緒に行ってしまう。

「そういえば、何の目的でキングクラブが必要だったんだ？　サクヤ、知ってるか？」

わたしはクロノさんとリオンさんに、何があったのかを説明する。

「そうか、そんな事情が……大丈夫、きっと治るさ」

それから一時間後、彼の父達は薬を飲んで回復し、毒は完全に治った。

◇◆◇◆◇

俺はライネス、次期村長だ。

毒に侵された者達が落ち着いたのを確認してから、家に戻る。

「ただいま」

「おや、おかえり」

すると、長老である祖父が俺を出迎えてくれた。

「飯はいらねぇ。明日食うから残しておいてくれ」

「分かったよ」

俺は祖父にそれだけ告げて自室への扉を開ける。

そしてそのままベッドに倒れ込み、ここ数日で起こったことを思い出す。

まずは両親含め、戦える者達が毒にやられて動けなくなった。

それからはなんとか頑張って魔物を撃退していたけれど、村長で村のまとめ役である父の戦線離脱はかなり痛かった。

しかも、今はケンリスの街に行くことができず、応援を呼ぶこともできない。

いつもの街道には賊が出るし、回り道をしようとすると、それはそれで強い魔物が出たりしてかなり危険なのだ。それで帰ってこなかった者もいる。

このままでは、村は滅ぶしかない。そんな時に来てくれたのが、サクヤやケンリスの街の冒険者だ。

ケンリスの奴らは敵。そう思っていたが、まさか俺達のことを助けてくれるとは思わなかった。

それに、驚くべきはあのかわいい幼子《おさなご》。サクヤについてだ。

彼女の安全のために村に残るように言ったのだが、まさかあんなことまで言い出すとは思わなかった。回復魔法が使えるなんて、普通は人に言わない。

普通の人は自分が使えるなんて知らないし、それを知っている者は、隠したがるものだ。それを自分から言うなんて……

そして彼女は、両親達を助けると言ってくれた。

「そのためにあんな日記を読むことになってしまったが……それでも……」

アルトの祖母は中々に豪快な人だったらしいが、その人がつけた日記は中々に赤裸々《せきらら》な物だった。

なんであんなのを……と思ったが、村の者達のためだ、仕方ない。

その甲斐もあってか、サクヤは回復魔法を、あっという間に使いこなしていた。たった一回教えただけなのに、すぐに俺の傷を治療してみせた。

天才……とはああいう奴のことを言うんだろうか……。

俺も天才になりたかった。でも……俺には才能がない。祖父ほど上手く薬の調合はできず、両親ほど上手くこの村の運営はこなせない。

それでも俺は村長の……あのフェンリルに認められた者の家系なのだ。諦《あきら》める訳にはいかない。

いつか……フェンリル様が戻ってくる。その時のために、この村は絶対に残さねばならない。

そう代々受け継がれ、子供の時から何度も言い聞かされてきたのだから。

「でも……終わるかと思った」

両親の容体が悪化し、この村が終わってしまうと思ったその時……サクヤの魔法が助けてくれた。

この村の命が繋《つな》がったのだ。

そして、あれだけ勝手なことを言うなと怒っていた二人の冒険者も、ちゃんと依頼を達成してキングクラブを持ってきてくれた。

「……俺達はケンリスの連中が嫌いだ」

俺の両親は村長とその妻として、この村をなんとか守ろうと必死に活動を続けてきた。

あの冒険者達は何も知らない様子だったが、ケンリスの街は嫌がらせや、露骨《ろこつ》にこの村が不利になるようなことをし続けてきた。

だから、この村の連中はケンリスの奴らが大嫌いだ。

確か、二百年前に聖獣が訪れて、それをきっかけに栄えたと聞いたが……その聖獣もすぐに姿を消したそうだ。

そんなろくでもない街なんて滅びろと思っていたが……でも、大事な両親や、村の連中を助けてくれたのは、そんなケンリスの街の冒険者と、幼子だった。

彼らがいなければ、確実に両親は死んでいた。

「どうやったら……恩返しができるんだろうか……」

あの街の連中は嫌い……いや、憎いとすら思う。でも、わざわざ俺達のために行動してくれた人達のために、何も礼をしないのは間違っている。

冒険者達には……村特製の秘薬でいいだろうか。

でも、あの幼子には何を渡そう。彼女が欲しがるような物を俺達が持っているとは思えない。

何か俺達ができることはないだろうか……。彼女達のために、俺ができることは……。

いや、まずは本人に聞いてみよう。

俺はそんなことを考えながら、連日の騒動の疲れのせいか、泥《どろ》のように眠るのだった。

第3話

クロノさん達がキングクラブを持ってきてくれた翌日。

わたし達は村長の執務室に呼び出されていた。

こちらのメンバーはわたし、ヴァイス、ウィン、エアホーンラビット、クロノさんとリオンさん。

あちらは村長夫婦とライネスさんだ。

部屋はかなり広く、ウィンがいても普通に手を伸ばしたりできる。

わたしは床に立ち、みんなを見上げていた。

「今回の件、心から感謝を示すと共に、うちの愚息《ぐそく》が大変な失礼を働いたと聞きました。まことに申し訳ない」

そう言って三人が深く頭を下げる。

きっと何も説明せずに、ただ持ってこいと依頼を出したことだろう。

彼らはたっぷり十秒くらい頭を下げたあと、ゆっくりと頭を上げる。

「そして、この村の危機を救ってくださったあなた方への報酬《ほうしゅう》を考えていました。こちらをお納めください」

わたしの背の高さだと、机の上が見えなかったので、結局ウィンにまた乗った。

村長が出したのは、小さな袋に入った黒い丸薬《がんやく》だ。

中身を村長が手の平に出すと、出てきたのは三粒《つぶ》。一つ一つが結構大きい。

クロノさんはそれが何か知らないのか、彼らに聞く。

「これはどのような効果を持っているのだろうか？」

「この丸薬は、村に伝わる秘薬。一つ食べると飛躍的《ひやくてき》に身体能力が向上します」

「飛躍的？」

「はい。普通の人でも、これを呑めば拳《こぶし》で岩が砕《くだ》けるくらいには」

わ、わたしでもできるのかな。ちょっと試してみたいな……なんて。

『サクヤがやらなくても俺がやるから必要ないぞ』

『な、なんのことかな』

ウィンにはバレていたのが少し嬉しいような恥ずかしいような……。

なんてわたしの考えとは別に話は続く。

「ただの人が……？　そんなことありえるのか？　デメリットは？」

「デメリットとして、作用する時間は十分のみ。しかも、その時間が過ぎたらしばらくは動けなくなります。ですが、希少な素材を惜しみなく使っていて、精製にもかなり時間をかけていますので、凄《すさ》まじい効果を発揮《はっき》しますよ」

「そんな物を……」

動けなくなるなら流石にわたしは使えない。でも、ゲームをやっていたわたしとしては結構有効ではあると思う。だって、勝てない相手に勝つチャンスをゲットできるのだ。

どうせ勝てないなら、これを食べて勝って倒した後に倒れれば問題ない。デメリットがそこまでデメリットではあるように感じないくらいだ。

クロノさんもその事実に気付いているのか、口を開く。

「こんな高価な物はいただけません」

クロノさんはそう言って断る。

しかし、村長はまさかと言ったように聞き返す。

「ですが、我々にはこれ以上に価値のある物など持っていません」

「いや、おれ達には、聞きたいことがあるのです。その情報を報酬とさせてください」

「聞きたいこと？」

「はい。このパルマの街が受けた、ケンリスの街からの嫌がらせだとか……そういったことに関して、できる限り伺《うかが》いたいのです」

「はぁ……ですが、なぜそんなことを？」

クロノさんとリオンさんは少し迷っていたが、思い切って口を開く。

「これは黙っていてほしいことなのですが、おれ達は国から秘密の任務を受けています」

お？　これはやっぱり王族の間でなんかあったっていうことですか？

彼らは王子様だ。悪いことをしている貴族を懲《こ》らしめろ。ということかもしれない。

ちょっとこれからどうなるんだろうとワクワクしていると、クロノさんは続ける。

「なので、それに関すること……としか言えません。ですが、この情報は役に立つかもしれない。教えてください」

「そういうことなら分かりました。お話ししましょう」

そして、村長の口から語られたのは結構酷いことだった。

この村だけ、ケンリスを中心とした流通網から省《はぶ》く、税を特別重たくなるようにする。そして、他の村に移住した者に特別な手当を与えると触れ回り、この村へ向かおうとする者に嫌がらせをする……など、本気でこの村を潰したいのが伝わってきた。

でも、そこまでするなら、なんでもっと直接的に……と思ったところで、クロノさんが口を開く。

「そこまで露骨なことをするのに、どうして兵を派遣して強制的に攻めない？」

それはわたしが抱いた疑問と同じものだった。

「あくまで推察になりますが……それでもよろしいですか？」

「構わない」

「この村は、昔、フェンリル様が住まわれていたのです」

クロノさんは一瞬ウィンの方を向き、すぐに向き直った。リオンさんも一瞬ウィンの方を見そうになっていた。

一方でウィンは、それが何か？　という顔をしている。ついでにヴァイスは欠伸《あくび》をしていて、エアホーンラビットは眠そうに目を擦っていた。

いち早く我に返ったリオンさんが慌てて聞く。

「この村にフェンリル様が？」

「はい。といっても、遠い昔……三百年ほど前ですが」

「三百年……」

「ええ、その時はこの村が近隣で最も栄《さか》えていました。そして、今のケンリスの街は、その当時はそこまで大きくなかったと聞いています」

「それで、どうして攻めてこないのですか？」

「ああ、そうでした。その時、ケンリスの街には、世界を支配したい奴らが住んでいたと言われています。それがフェンリル様によって抑えられていた、とも……ですので、フェンリル様の逆鱗《げきりん》に触れることを恐れて、あからさまな手出しをしてこないのかと」

「フェンリル様が今もどこかにいるかもしれない。もしパルマを攻めたら、姿を現して逆に滅ぼされるかもしれないから、怖くて手が出せない……ということですか？」

「あくまで予想ですが」

村長はそう言って頷く。

その目は自分の言葉を疑っている目ではなかった。

「ついでに聞いておきたいのだが、ここに来る途中で盗賊に襲われた。それはこの村の者達と言われていたが、それについては何か知っているか？」

「……何も。ですが、我々はそんなことをするメリットはありません。薬を売ってそれで金銭を得る方が遥《はる》かに理に適《かな》っているのですから」

ライネスさんと同じように村長はそう言ったけれど、最初、一瞬目が泳いだように感じた。

何か知っているのかな。

わたしは眠たそうにぼんやりしているヴァイスを撫でながら考えた。

クロノさんは追及しようとはせず、リオンさんに視線を向ける。

「リオン、一度戻るぞ」

「うん。兄さん。そっちの方から調べてみよう」

そう話す二人に、わたしは聞く。

「帰るんですか？」

クロノさんは安心させるように笑いかけてくれる。

「ああ、これはおれ達が解決しなければならない問題だからな。サクヤはこの村でのんびりしているといい」

「でも」

「サクヤちゃん」

言いかけたわたしの言葉をリオンさんが止める。

「サクヤちゃんはここでゆっくりと待っていて、これは……僕達がやらないといけないことだから」

そう決意を込めた目を向けられたら、頷かない訳にはいかない。

「分かりました。気を付けてくださいね？」

「ありがとう。サクヤの言葉だけでおれ達には百人力だ」

「だね。いい知らせを持ってくるから、のんびりと待っていて」

二人は、そう言ってケンリスの街に戻っていった。

「それじゃあ、今日はどうしようか……」

クロノさん達がケンリスの街に戻った翌日。

わたし達はこれからのことを話し合う。

「ウィンはこの村で行きたい所はないの？」

「そうだな……確か、この村の近くにきれいな泉があった。そこを見てみたい」

「よし！　それじゃあそこに行こう！　ヴァイスとエアホーンラビットもいい？」

「ウギャゥ！」

「キュイ！」

二体も頷いてくれて、わたし達は早速向かうことになった。

「あ、でもお弁当とかも持っていった方がいいよね」

ということで、用意してもらっていたお昼ご飯も持っていくことにした。

まぁ……いつも通り全員がウィンの上に乗っているので、大変なのはウィンだけなんだけど。わたしも少しくらい自分で歩いた方がいいかな……。

そんなことを思いながら歩いていると、アルト君が畑仕事をしているのを見かけた。

「おはよう。アルト君」

「あ、サクヤちゃん。おはようございます。どこかに出掛けるんですか？」

「うん。ここから近い所に泉があるらしくって、そこに行こうかと」

「ええ！　あそこに行くんですか⁉　いいなぁ」

「アルト君も……」

『いい？』

『いいぞ』

「来る？」

ウィンの同意が得られたので誘ってみる。

アルト君は百面相《ひゃくめんそう》をした後に、しょんぼりして答えてくれた。

「行きたいんですけど……でも、僕も仕事があるので……仕事が終わって時間があったら行くかもしれません。それでもいいですか？」

「うん。結構のんびりする予定だから、待ってるよ」

「ありがとうございます！　急いで仕事を終わらせますね！　やるぞおおおお！！！」

アルト君はそう言って元気に走り去る。

「それじゃあ行こうか」

「だな」

わたし達はのんびりと進み、泉を目指す。

村から出たあとは、森の中を進んでるんだけれど、特にやることがないのでウィンに話しかけた。

「ウィン。この辺りの案内をしてくれない？　こんな植物があるとか、こんな花があるとか」

「そうだな、そこまで覚えている訳ではないが……あそこにある花は見えるか？」

ウィンは右手にある小さな黄色い花を示す。

その花へ蝶《ちょう》が飛んで近付いていて、花の蜜《みつ》でも吸うのかもしれない。

「うん。きれいだよね」

「あれは食虫花だ」

パクン。

蝶が一瞬で丸呑みにされた。

「怖いよ！　いきなりなんてもの紹介してくれるの⁉」

初手で食虫植物を紹介されるとは思わなかった。

「む、だがあの花はバミューと言ってレアなんだぞ？　薬の原料にもなるからと昔は集めさせられたこともある」

「そうなんだ……この村って薬を結構作っているからそういうもの関係の植物も多いのかな」

「だな。あそこにある大きな花は見えるか？」

今度は左斜め前に見える直径三十センチはありそうな真っ赤な花だ。

「うん。すごく大きい。あれも食虫植物だったり？」

「そんな訳ないだろう」

「なんだ。じゃあ触れるの？　匂《にお》いとかどうなんだろう」

ちょっと気になる。

「触るくらいならいいか。匂いもかなりいいはずだぞ」

ウィンがそんなことを言って近付いてくれる。

わたしは降りてそっと匂いを嗅《か》ぐと、優しく甘い匂いが鼻をくすぐる。

「あ、いい匂い……これ見た目もいいし、帰りに持って帰ってもいいかな？」

「うるさいからやめた方がいい」

「ん？　うるさい？」

「ああ、それはマンドラゴラの花だ。引っこ抜くと、根の部分が人型になっていて叫ぶのだ。抜くのも大変だし、やたらうるさいから持って帰るのは薬の材料にする訳じゃないならオススメしない」

「そっか……じゃあやめておくね」

いいなぁ、と思ったものはなんかゲテモノばかり。

異世界の植物……っていう感じだけれど、まともな物はないのだろうか。

のんびりと進んでしばらくすると、ウィンが言っていたきれいな泉に到着した。

上から見ると直径十メートルくらいの、きれいな円形の泉だ。水は透《す》き通っていて、裸足《はだし》で入りたくなる。

でも、さっきから危なっかしいものばかり見てきたせいか、素直に入りにくい。

「ウィン。この泉って入っても問題ない？」

「問題ないぞ」

「やった！　ヴァイス！　エアホーンラビットの君も行こう！」

毎回種族名を呼ぶのが大変だけど、名前として読んでしまうと従魔契約になって、魔力が注がれて弾け飛んでしまうので気を付けている。

わたしは靴を脱いでスカートを持ち上げ泉に入っていく。

パシャパシャパシャ！

「ん～！　気持ちいい！　すっごくきれいだし、神秘《しんぴ》的！」

「ウギャウ！」

「キュイ！」

パチャン！　パチャン！　とヴァイスとエアホーンラビットも入ってくる。

わたしはそんな二体に水を思い切りかけた。

「あはは！　くらえ！」

「ウギャア！　ウギャウ！」

「キュキュイ！！！」

「あ！　ちょっと冷たい！」

今度は仕返しとばかりに二体から水が飛んできた。

器用に前足で弾いて飛ばしているようだった。

「あはは！　気持ちいいね！」

「ウギャウ！」

「キュイ！」

わたしはそんなことをしてびしょ濡《ぬ》れになった。そして、じっと少し離れた所で寛《くつろ》いでいるウィンを見つけた。

「ねぇみんな。一人だけ……濡れてない子がいると思わない？」

「ウギャウ」

「キュイ！」

わたしの意思が通じたのか、わたし達は力を合わせてウィンに向かって水を飛ばした。

「そーら濡れろ！」

「ウギャウ！」

「キュイ！」

わたし達の水はきれいに飛び、ウィンの顔に直撃する。

「わぶっ！」

「あはは、わぶだって」

「ウギャウ！」

「キュキュイ！」

「ほう……貴様ら、いい度胸だな。この俺にケンカを売るとは！」

のそりと起き上がったウィンがひとっ飛びで泉に入ってきて、その飛沫《しぶき》でわたし達はずぶ濡れになった。でも、元々ずぶ濡れだったのだ、気にすることはない。

わたし達はそれから全員で泉で遊んだ。久しぶりにのんびりできてとても楽しかった。でも、まだお昼ご飯も残っているのだ。楽しみはまだまだ終わらない。

わたし達は泉で楽しく遊び、遊び疲れて陸に上がった。

「なんか……久しぶりに水遊びした気がする」

地球にいた時は、そんな遊びに行くなら家で本を読んでいたかったし。

それに、休みの時は溜まった家事や積んでいた本やゲームの消化で忙しかったのだ。

「たまにはいいものだな」

「ウギャウ！」

「……」

ウィンとヴァイスが同意する横では、エアホーンラビットは疲れたのか眠っている。

「うーん。ご飯まではまだ時間があるし、どうしようか……」

「考えていたのだが、ヴァイスはなぜ魔法を使わない？　白虎なら、確か金《きん》魔法だったか？　使えるはずではないのか？」

「ウギャァ？」

ボク？　と言ったような顔をしている。

「うん。そうだよ。ヴァイスが魔法を使わないのはなんで……って」

『魔法……どうしたらいいの？』

「えぇ……ウィン。ヴァイスが魔法の使い方を分かってないみたいなんだけど、どうやったらいいの？」

前に聖獣にとって魔法は息をすることと一緒って聞いたんだけど……。

「それは……あれかもしれんな」

「あれ？」

「俺は常に風と共にあった。だからすぐに風魔法を習得できた。だが、ヴァイスが使う金魔法は、金属を操る魔法。しかしサクヤは金属を基本的に持たないから、近くにいるヴァイスもそれを操作するということができないんじゃないのだろうか」

「なるほど……なら、金属があればそれを使って何かできる、ということなんだね？」

「おそらくな」

そう言われたわたしは、何か金属を持っていないかと、この世界で目を覚ました時から持っていたポーチを開く。

その中には、半分に割れたスライムの核だったものと、金貨が入っていた。

「そういえば、ポーチもいいけど、せっかくアイテムボックスのスキルがあるんなら、そっちに入れたいよね……」

「ちょうどいい。アイテムボックスを使えるようになればいいんじゃないのか？　物をしまう時はそのポーチに入れるふりをして、周囲にはマジックバッグだと説明しておけばいい」

「なるほど。そうしよう。やり方って知ってる？」

「手に持って、アイテムボックスにしまいたいと考えるだけで使えるはずだ」

わたしがスライムの核を持って、アイテムボックスにしまいたいと考えると、シュン！　と一瞬で目の前から消えた。

「おお！　消えた！」

「取り出す時は取り出したいと念じて手を伸ばすとアイテムボックスの空間に繋がる……だったはず」

わたしが言われた通りに手を伸ばすと、何もない空間に手が呑み込まれていく。

「すご！」

そして、手に当たったのがスライムの核だと分かったので、それを掴んで取り出すと、本当に先ほどのスライムの核だった。

「おお……これで持ち物問題は解決するね。たいして持っているものないけど」

近くにお弁当があるくらいだけど、いちいち入れる物ではないだろう。とりあえずスライムの核は使わないのでしまう。

そして、スライムの核で思い出す。

「あれ？　そういえばあのおっきなスライムの核って来る時持ってなかった？　あれってどうしたの？」

「ああ、それなら……」

と、ウィンが空中のどこかを見ると、半分に割れた直径三メートルはありそうな真っ赤な核が、わたし達の目の前にシュンと現れた。

「え？　どこにあったの？」

「魔法で見えなくして保管していただけだ。あのスライムを倒してサクヤのもとに戻ったあと、すぐに渡してもよかったのだが……あの時は、サクヤに早く会いたかったからな」

確かに、ウィンが無事で会えたから抱き締めるので忙しかったし、クロノさん達も来ているようだったからその方がよかったよね。

わたしは嬉しくなってウィンに抱きつく。

「ありがとうウィン。しまっていい？」

「もちろんだ」

ということであのスライム……えーっと……ダークドレインスライム？　の核をアイテムボックスにしまう。

「他にも保管してたりするの？」

「……ああ。緊急時用に果物などをそこらの果樹園《かじゅえん》くらいの規模で保管している」

「果樹園!?　そんなにあるの!?」

周囲を見回すけれど、あるようには見えない。

「見えなくしているといっても、結構上空にあるからな。必要なら下ろすがいるか？」

「だ、大丈夫。でも保存とか……」

「そこは適切にしているから問題ない」

「そんなことまで……ありがとう」

「好きでしていることだ。無事に大きく育つのだぞ？」

「うん」

ウィンはわたしの言葉に満足したのか、ヴァイスに向き直る。

「そしてヴァイス」

「ウギャ！」

「サクヤが持っている金貨を金魔法で変化させてみろ」

「ええ⁉」

「ウギャァ⁉」

え、金貨をそんなことに⁉　お金なくなっちゃうよ？

ヴァイスも、いきなりやらされるのかと驚いているようだ。

ウィンはわたし達が何を考えているのか分かっているように、ちゃんと答えてくれる。

「サクヤ、金は俺がいくらでも稼いでやる。そしてヴァイス。ここで使えるようにならないと、いつまで経ってもサクヤの力にはなれんぞ。お前も自分の力で守ってやりたいのだろう？」

「……分かりました」

「……ウギャゥ」

ウィンの言う通り、彼がひと狩り行けば金貨の山だろう。出し惜しみする必要はない。

それよりも、ヴァイスが魔法を使えるようになる方がわたしとしては嬉しい。

ということで、ヴァイスの金魔法の練習が始まった。

わたしは持っていた金貨を近くの石の上に置き、ヴァイスが魔法で変化させようとするのを見守る。

「ウギャギャギャギャ……ウギャ！」

聖獣にアドバイスはほとんどできないと思うので、ウィンの指導《しどう》をのんびりと見守るだけだ。

「ヴァイス！　もっと金属と一体化しろ！　金属は自分の一部だと感じるんだ！」

「ウギャウ！」

「返事だけではできん！　いいからやれ！」

「ウギャウ！」

と、ウィンは中々な熱血指導をしている。でも、三十分経っても全く変化がなかった。

「ふむ……なぜできんのだろうな……」

わたしは見ながら思っていたことを聞く。

「ねぇ。ヴァイスが金属と一体化するためにはさ、ヴァイスが金貨に触れないと意味ないんじゃない？　ずっと石の上に置いてても、金属ってどんなものか分からないと思うんだけど」

「……それもそうだな」

「ウギャウ!?」

そんな!?　とヴァイスが驚いているけれど、そこを考えていなかったとは……。

「ヴァイス。サクヤの案の通りに、その金貨を全身で感じてみろ」

「ウギャウ」

ヴァイスは早速、金貨を体に擦り付けたり、かじったり舐めたりしている。

お金って汚そうだけど、舐めるのはいいのかなぁ……聖獣だからそこら辺は問題ないのかな。あとで一回洗っておこうか。

そんなことを考えていると、ウィンが寄ってきて口を開く。

「助かるぞ。サクヤ。聖獣に指導など初めてだからな」

「ウィンでもそうなんだ」

「ああ、会ったことのある聖獣はすでに強かったからな。玄武とか青龍もかなりやばかったぞ」

「へー、ヴァイスが白虎だからもしかしてと思ってたけど、四神《しじん》っているんだね。そういえば玄武って前も言ってたっけ。朱雀《すざく》は会ったことないの？」

「いや、ないな」

玄武も青龍もあんまりモフモフしてなさそうだから朱雀がいいなぁとか考えていると、ヴァイスの一際大きな声が聞こえた。

「ウギャァウ!!」

「？」

わたし達が彼の方を見ると、金貨が形を変えていた。それも、想像を絶する方向に。

「わたしの形になってる!?」

わたしの金貨が、えっへん！　とポーズをとったわたしの銅像……金像？　になっていた。

そして、嬉しそうな念話が届く。

『どう!?』

「どうって……す、すごいね」

今初めて魔法を使ったんだよね？　それでこんな自由自在に形を変えられるなんて……。

『ほめてほめて！』

「すごいよー。ヴァイスがこんな風にできるなんて」

『えへへ、サクヤ……がんばった！』

ヴァイスはわたしに嬉しそうに撫でられている。にしても、まさかこんな形を作るとは思いもしなかった。

「ヴァイス。これ触ってもいい？」

『いいよ！』

「ありがとう」

わたしは右手でヴァイスを撫でながら、空いている左手でわたしの金像？　を持つ。

「軽っ！　っていうか……薄い？　力入れると壊れそう」

金貨一枚から作っているためか、重さは金貨と変わらない。中は空洞《くうどう》になっているようで、かなり薄かった。

こんなに薄く、複雑な形にできるなんて、ヴァイスはなんてすごいんだろうか。それからしばらく撫でまわすと、ヴァイスが念話で伝えてくる。

『お腹減った！』

「あ、そろそろいい時間か。それじゃああの子も起こしてご飯にしよう」

「ウギャウ！」

わたしはエアホーンラビットを起こして、一人と三体でご飯にする。

このお弁当を作ってくれたのは村長の奥さんで、わたし達それぞれに合わせて中身が違う。

わたしは果実や食べやすいパンで、ヴァイスは焼き魚、ウィンは肉がたくさん入ったサンドイッチ、エアホーンラビットの分は生野菜を、それぞれ準備してくれていた。

「うーん！　リオンさんのご飯も美味しいけど、村長の奥さんのも美味しいね」

「だな」

「ウギャゥ！」

「キュイ！」

わたし達は空気のきれいな森の中で、ゆったりとご飯を食べる。

「はー癒やされる……。最近なんか雰囲気が重たかったからねー」

「すまない。この村に来たいと言ってしまったばかりに」

「ウィンが謝ることじゃないよ。人助けもできて、それにわたしは回復魔法、ヴァイスは金魔法も使えるようになったし、こうやって楽しく遊べてるんだから、感謝しかないよ」

「ありがとう。サクヤ」

ウィンはそう言って、わたしをつんと鼻でつつく。

ご飯を食べ終えると、またヴァイスの金魔法訓練が始まった。

わたしはエアホーンラビットと遊びながら、それを横目で見る。

「ヴァイス！　魔法は何度も使ってもっと体に馴染ませろ。考える必要がないくらいに当たり前に発動できるようにするんだ」

「ウギャゥ！」

ヴァイスはさっき作ったわたしの金像を崩し、新しい形を作る。でも、新しく作ったのも、ポーズを変えたわたしだった。今度のポーズは少年に大志を抱かせるようなあれだ。

「もっとだ！　もっと色々と形に変えろ！」

「ウギャゥ！」

次に形を変えたのは、わたしがイスに座って足を組んで誰かを見下しているようなポーズ。

小道具を使ってでもわたしなんだ……。

「もっとやれ！」

「ウギャウ！」

次は楽しそうに剣を振りかぶっているわたしのポーズ。

ヴァイスの目にわたしってどんな風に映っているんだろう。あとで確認した方がいいかもしれない。

とまぁそんな感じで色々な形を作って遊んで……いや、魔法の練習をしていた。

そして一段落したところで、わたしはかなり気になっていたことを聞く。

「ウィン。ヴァイスの金魔法ってさ。金属を生み出すことはできないの？」

水魔法で水を生み出せるなら、金魔法でもいけるんじゃないのかと思ったのだ。

ウィンはすぐに頷いてくれる。

「当然できるぞ」

「ほんと⁉　それならわたし達、金をいっぱい作れば大金持ちになれるんじゃない⁉」

「サクヤの魔力があれば、億万長者《おくまんちょうじゃ》も夢ではない」

「やっぱり⁉　すごい。お札でお風呂《ふろ》とかできるのかな」

一回くらいはやってもいいかもしれない。ああ、でも金貨のお風呂の方がもっと夢があるかも。

「だがサクヤ。そんなことをしなくても、俺がいくらでも稼げるぞ。必要ならドラゴンくらい狩ってきて、どこか遠い国で売ればいい。そうしてこの国に戻ってきたら誰にもバレずに億万長者だ」

「ですよね……」

簡単に億万長者になれるのに、わざわざ金魔法を使う必要もないということだ。まぁ……確かにそうなんだけど……ロマンがないよね。

でも――

「わたしが使えるようになった方がウィンが怪我することもないじゃない？　それに、ウィンが狩りにいく必要がなければ、別れる必要もないからね！」

「それも……そうか。なら……サクヤも金魔法を学ぶか？」

「うーん。それもいいけど、上手に使えるようになったヴァイスに教えてほしいかな」

物を覚える時に、人に教えるといいと聞いたことがある。だから、ヴァイスが金魔法を使えるようになって、それをわたしに教えてくれれば彼の金魔法もより使えるようになるし、言葉での説明もしやすくなるような気がする。

ウィンは頷いてくれて、ヴァイスへの指導により一層力が入った。

「ヴァイス！　金属がある感覚を普段から忘れるな。地下にある金属すらも気付けるようにしろ！」

「ウギャァ！」

と、ウィン先生の魔法指導がある程度終わったところで、遠くから声が聞こえてきた。

「おーい！」

「ん？」

声がした方を向くけど、遠くて誰か分からない。

「この声は……」

「村にいたあの少年の声だな」

ウィンがそう教えてくれた横では、ヴァイスがわたしの金像の腕組みバージョンを咥《くわ》えて、わたしに差し出してきた。

このポーズでいてほしいってこと？　よく分かんないけど、いいか……。

わたしは腕を組んでアルト君を待つ。

「これは……いかんな」

「え？　このポーズ、ダメ？」

わたしがウィンに聞くと、彼は返事をすることなく、ようやく見えてきたアルト君の方に走り去っていく。

「え？」

そして次の瞬間、地面から現れた大きなサソリが、アルト君を襲った。

「わわ！」

驚いて尻もちをつくアルト君をよそに、ウィンはなんでもないことのように爪を振るって、サソリを真っ二つにする。

「あ、ありがとうございます」

「……」

「？」

ウィンは彼に対して何か言いたそうに見つめている。どうかしたのだろうか？

そう疑問に思いつつ、わたしは腕組みを解いて、アルト君の無事を確かめるために近付く。

「アルト君。大丈夫？」

「あ、うん。ありがとう。大丈夫です」

「よかった。ウィンもありがとう」

「あ、ありがとうございます。とても速くてかっこよくて、目を奪われてしまいました」

ウィンは気にするなというようにわたしの方に振り返って、そのままわたしの隣に立った。

「ウィン？」

『なんでもない』

「そう？　そうだ、アルト君。仕事はもういいの？」

「うん、終わらせてきたよ……つっ⁉」

「アルト君？」

彼はニッコリと頷いたけど、急に自分の手を見つめる。

何事かとわたしも見てみると、その手の平からは血が流れていた。驚いて転んだ時に、手をついて切ってしまったらしい。

「任せて。わたしが治療できるから！」

「え、でも……」

「すぐに終わるから気にしない気にしない。さ、手を出して」

「うん」

わたしは彼の手を見て、早速魔法を使う。

「〈回復の祈り〉」

わたしは彼の状態が元通りになるように祈り、治療をする。

「すごい……」

「どう？　最近よく使っていたから結構上手くできたんじゃないのかと思うんだけど」

そう、わたしは何度か治療を繰り返したおかげで、コツを掴んでかなり速度も上がってきていた。

アルト君のお祖母ちゃんが書いていた通り、やってみることが一番いいのかもしれない。

「うん！　すっごくいいよ！　今日仕事やってきてて、体も結構疲れていたんだけど、朝起きた時みたいに元気だよ！」

「それはよかった。これで一緒に遊べるね」

「うん！」

アルト君が嬉しそうに返事をしてくれたところに、待ったの声がかかった。

「アルト、お前……何か忘れてないか？」

「？」

わたし達が声がした方を見ると、そこにはライネスさんがいた。

彼はアルト君をじっと不機嫌《ふきげん》そうな顔で見ている。かなり迫力のある顔なので、普通の人だったら逃げ腰になると思う。

実際、アルト君もちょっと顔を青くしていた。なので、代わりにわたしが聞く。

「ライネスさん？　どうかしたんですか？」

「どうしたもこうも、アルトは今日仕事が終わったら、薬を作る技術を教えるって話になってたんだよ。なのに、待っていても来ねーから、迎えに行こうとしたらこっちに走っていくのが見えてな。最近は森の様子もおかしいから、何かあったら……と思ってな。このサソリの魔物ももっと奥の方でないと出ないやつだ。追いかけてきて……まぁ、何もしてないが、追いかけてきてよかった」

「え……そうなの？」

「……サクヤちゃんと遊べるかもって思ったら、テンション上がって忘れちゃった」

アルト君は申し訳なさそうに視線を落とす。

「そっか……なら今日はやめにしようか」

ライネスさんもわざわざアルト君を迎えに来てくれていることだし、流石にこれから遊びたいとは言えない。というか、やることをやってからじゃないと、遊ぶのはよくないと思う。

「そんな……」

しかし、アルト君は今にも泣きそうな顔をしている。

彼のそんな顔にわたしは動揺してしまう。

「ちょ、ちょっと、アルト君？　大丈夫？」

「うん……でも……でも……うぅ」

今にも涙がこぼれてしまいそうな彼に、わたしは慌てつつライネスさんを見る。

「ライネスさん」

「なんだ？」

「その……村に帰る道中くらいは……遊びながら……ということでもいいですか？」

「……好きにしろ」

「ありがとうございます！」

わたしはこれでなんとか収まったと思い安堵《あんど》する。

アルト君もニコニコ顔だ。

「ありがとう。サクヤちゃん。君と一緒にいられてとっても嬉しい！」

「うん。でも、ちゃんと村に帰ったら勉強するんだよ？」

「うん！　もちろん！」

どっちが大人か分からないな、これ。

それから私は、ヴァイスにも村に戻ることを伝えたんだけど……ヴァイスはいやいやをするように地面を転がっていた。

超可愛かった。まじで可愛かった。この駄々《だだ》のこね方なら、言うことを聞いてしまいかねない。

そう思ってしまうほどに可愛かったけれど、道中ものんびり遊びながら帰ると話したら納得してくれた。

「ウギャー」

わたしはそんな楽しそうに鳴くヴァイスを抱き抱《かか》えて、ウィンの隣を歩く。

「サクヤちゃん。ヴァイス君……僕も触ってもいいですか？」

「んーヴァイス、いい？」

「ウギャ」

ヴァイスはすぐに頷いて、頭を撫でろとアルト君の方を向いてくれる。

「わーそれじゃあ……失礼して……モフモフだ……」

アルト君はヴァイスを凝視して、ゆったりと優しく撫でてくれる。

ヴァイスもアルト君の撫で方が嫌いではないのか、のんびりと、なすがままにさせていた。

そんなことをしながら歩いていると、あっという間に村の前に着き、ライネスさんが口を開く。

「着いたぞ」

「えぇ!?　まだ全然遊んでないですよぉ!?」

「ずっとその虎《とら》を撫でてたからだろ……いいから行くぞ。新しい解毒薬も開発しないといけないんだからな。今回はどうにかなったが、いつどんな新しい毒が出てくるか分からない。その時に今回みたいにサクヤに助けてもらえるとは限らないし」

「はーい」

そう言って、ライネスさんはアルト君と一緒に少し大きめの木造の建物に入っていく。

わたしもついていこうと思いつつ、ウィンの毛とかがあるので入っていいか迷ったんだけど……。

「来ねーのか？　せっかくだ。案内する」

「でも、ウィンとかヴァイスの毛が……」

「問題ない。昔も緩かったって聞くしな」

ライネスさんはそう言ってくれるけれど、流石にいいとは思えない。薬品を取り扱うって話だったし、そんな場所で生き物の毛がふわふわ飛んでいるのは現代人の感覚ではダメだ。

だから、ウィンに念話でお願いしておく。

『ウィン。風魔法で毛とか落ちないようにできる？　ヴァイスとエアホーンラビットの分も』

『ああ、やっておこう』

『ありがとう』

わたしはウィンの頭を撫でて、ライネスさんに向き直る。

「それではよろしくお願いします」

「ああ、こっちだ」

ライネスさんに案内され、わたし達は建物の中に入る。

建物はいたって普通の造りで、特別なものには思えない。普通の木製の廊下を歩き、普通に部屋に入っていく。

「ここが研究室だな。今は人がいないが、忙しい時になるとかなりの人が詰まっているぞ」

「詰まっているって……」

わたしはそんな彼に答えながら部屋の中を見回す。

二十畳《じょう》はあろうかという広い部屋だ。壁は全て棚になっていて、中にはよく分からない素材やガラス瓶、壺《つぼ》などがぎっしりと詰め込まれていた。中央には学校の理科室を思い出させるような机が六台置かれていて、その上にも実験器具や素材が置かれている。窓はないけれど、明かりは天井から明かりの魔道具が吊《つ》り下げられているので意外と明るい。

そして、わたし達以外は誰もいなかった。

「誰もいませんけど……」

「今は柵の補修とか色々と手が必要だからな。仕方ない」

「ならわたしも……」

「サクヤはもう十分にやってくれた。これ以上頼むことはできねぇよ。村でのんびりしてくれ」

「といっても……」

だからとわたしだけが何もしないのは、ちょっと違うのではないかと思うんだけど……でも、ライネスさんの気持ちを無碍《むげ》にすることもできない。

「せっかくなんだ。この村の調薬室を見ていってくれ。アルト、お前も復習しながらやるぞ」

「はい！」

ということで、早速調薬室に移動。

「それじゃあ説明してくぞ。まずはこっちの装置からだな」

そう言って、ライネスさんは色々な装置を見せながら、どんな用途のものか教えてくれる。中学の時の理科で扱ったような上方置換に似た装置とかもあって、ちょっと懐かしい気持ちになった。

「――こういった装置で魔物や薬草から必要な成分を抽出して、新しい薬を作っている感じだな。新しい薬の研究もしているが、今の村の財政では中々そっちの研究に資金を割《さ》けなくて、今は元々作っていた薬の生産が主《おも》になっている」

「結構しっかりとしているんですね」

「当然だ。薬は正しい製法で作らなければならない。重さもグラム単位で正確に計っている」

ライネスさんはそう言って、使いこまれているが手入れもされている秤《はかり》をそっと撫でる。

「これらの道具は俺の先祖……昔の村長が色々とこの村を大きくしようと頑張って集めてくれた物なんだ」

そう言われて、わたしは道具をじっと見つめて鑑定スキルを使う。

【ナラックの秤……使い込まれているが、手入れが行き届き、本来通りに重さを計れる道具】

「わ」

固有名詞が入った道具を見てちょっとびっくりした。

鑑定で名前が出てくるのって初めて見た。この世界のシステムに認められてると出てくるとか、そんな感じだろうか。ライネスさんの先祖だし、生きてるっていうことはないだろうな。

「どうかしたか？」

「いえ、なんでもないです。それで、他にはどんな道具があるんですか？」

「ああ、今説明する」

ライネスさんはそう言って、さらに道具の説明をし続けてくれる。

やっぱり中学の時の理科の授業みたいで懐かしかった。ライネスさんは丁寧《ていねい》に教えてくれて、特にアルト君がこれはどうやって使うのかとか、気を付けることはあるかとか、かなり熱心に聞いていた。彼はそれほど薬作りに真剣になっているらしい。

わたしはそんな彼を応援したいと思った……今はヴァイスとエアホーンラビットが遊びに行きたそうにうずうずしているから、それを抑えるのでいっぱいだけど。

「ということをやっているんだが……中々作れなくてな。お前達は何かいいアイディアはないか？」

「え？　なんのお話ですか？」

ヴァイスがどこかに行かないように撫でていたら、ライネスさんの話をぼんやりとしか聞いていなくて焦る。

「……この前、特異体が特殊な毒を持っていただろう？　また似たことがあった時のために、色々と研究もしていてな。それで何か案があったらなと思ったんだ」

「なるほど……もう一回聞いてもいいですか？」

「ああ、難しかったか。この装置は何か分かるか？」

ライネスさんはそう言って、机の上に置いてある装置を指す。ガラス瓶に入った赤黒い液体を温めていて、蓋《ふた》部分から伸びたチューブが別の瓶に繋がっている。いわゆる蒸留《じょうりゅう》装置に近いだろうか。

「うーんと、これは……液体を取り出そうとしているんですか？」

「見ただけで分かるのか？　すごいな」

「た、たまたまですよ」

「そうか？　それで、この液体はあの特異体の血液なんだ。ここから上手いこと、解毒剤を作るのに必要な成分だけ取り出せればいいんだが……中々上手くいかなくてな」

「何かいい方法があればいいってことですか……」

わたしは昔……日本での学生時代の記憶を掘《ほ》り起こして、思いついたことを尋ねる。

「うーん、水上置換《すいじょうちかん》とか遠心分離って知ってますか？　気体を取り出したり、液体の成分を分離したりする方法なんですけど……」

「いや、初めて聞いた」

わたしはうろ覚えながら、小学校だか中学校だかの時に教わった記憶を頼りに、ライネスさんに説明していく。たしか水上置換法以外にも、上方置換とか下方置換とか色々あったので、そのあたりもまとめて教える。簡単なものしか覚えてないけど……。

「――というわけで、それぞれの方法で取り出せる気体は違うので、いろいろ試してみてください。

遠心分離の方も、うろ覚えですけど、装置の作り方を教えますね」

「なるほど。遠心分離機は自分でも作れそうだから大丈夫だ……しかしサクヤはすごいな。早速試してみてもいいか？」

「は、はい。わたしはいいですけど……アルト君はいいんですか？　せっかく色々教えてもらえる時間だったのに……」

「ぼ、僕も問題ないですよ。人のためになるなら当然です」

アルト君はちょっと悲しそうだったけれど、じっとわたしの方を見ていた。

「助かる。というか、その方法を応用すれば、もっといろんな種類の薬が作れるかもしれない。あの丸薬も簡単に量産できるようになるかもしれないな！」

「いや、流石にあの丸薬の量産はまずそうなんでやめた方が……」

動けなくなる代わりに超パワーアップするって、かなり危ない薬だと思うんだけど。

「そうか……そうか？　でも、サクヤのアイデアは本当にありがたいよ。俺達はこのパルマの村を、国一番の村にしたいんだ。それで……フェンリル様が安心してここに戻ってくるようにする。俺達が強くならなければ、フェンリル様は戻ってこれないだろうから」

「……」

ライネスさんはそう言って、真剣に装置を作っていた。

わたしは隣でじっとライネスさんを見ているウィンに、念話で聞く。

『ウィン、何か聞いてほしいことない？』

『……どうしたのだサクヤ。別にない』

『本当？　ないなら……わたしが聞くよ』

『……』

ウィンは少し迷っているようだった。

なので、わたしが勝手に聞く。

「ライネスさん。未だにフェンリルが戻ってくるのを待っている、っていうのはどういうことですか？」

「……そのままの意味だ。この村は薬を作っていると同時に、フェンリル様の帰還《きかん》を待っているんだよ」

「帰還を……待っている？」

「ああ、まぁ……詳しい話は俺も知らないから何も言えないんだがな。村長になったら教えてもらえるらしいが、とにかく、フェンリル様がいつ帰ってきてもいいように、俺達はこの村を守っているんだ……本当は迎えに行きたいんだがな」

「迎えに？」

わたしがどうしてか聞くと、彼はちょっと悩ましそうに教えてくれる。

「帰還を待っている……と言ったが、本当はフェンリル様を探しに行きたいんだよ。これは……俺達村長の家系にしか伝わってないがな。言うなよ？」

彼はわたしとアルト君を見てそう言った。

「どうして……探しに？」

「さぁ……俺も詳しいことは知らない。ただ、先祖代々、村を大きくしたら、それをしにいかなければならない。ってことになっている。まぁ、行きたいのは山々だが、今の状況だとな」

「……」

「さ、俺はこっちをやりたいからな。質問は以上でいいか？」

「はい。ありがとうございます」

わたし達は一人で実験を進めるライネスさんを残して、部屋から出る。

そして、わたしは念話でウィンに話しかける。

『ウィン。いいの？』

『サクヤ……そうだな。ありがとう。ここまでしてくれたのなら、こちらから動かない訳にはいかないな』

ウィンはそう言って、立っているアルト君に向き直る。

「貴様……アルトと言ったな」

「え……従魔が……喋って……え？」

「俺はウィン。フェンリルのウィンだ。村長の所に案内しろ」

「え……えぇ⁉」

アルト君は想像以上の驚きを見せた。

そしてその直後、声が聞こえたらしきライネスさんが部屋から飛び出てきたのだった。

わたし達はアルト君の案内で、村長の家にやってきた。

ライネスさんも来たがっていたけれど、ウィンがやるべきことがあるのだろうと話したら調薬室に戻っていった。

「ここですか？」

「はい。ただ、村長よりも先に、元村長である長老に会っていただきたいんです」

「長老？　どうして？」

「長老に、もしフェンリル様と会ったら連れてくるように……いえ、来ていただくようにと言われていたからです」

ふむ。会わないことには分からないか。

部屋は少し前に入った村長の部屋とは別で、少し手狭な部屋だった。

奥のベッドには、お爺《じい》さんが腰かけている。彼はアルト君がわたしと最初に会いに行った人だ。

「長老。連れてきました。フェンリル様です」

「……なるほどの。やはり……フェンリル様でしたか」

「はい。僕はここで失礼します」

「いや、お主も残りなさい」

「はい？　分かりました」

部屋を出ようとしていたアルト君は長老に止められ、部屋に残る。

長老はそれから、じっとウィンを見つめて、問いかけた。

「フェンリル様」

「ウィンと呼べ。俺は今、そう名乗っている」

「ではウィン様。昔……この村にいた、というのは本当ですか？」

「事実だ」

「その時に、最も仲のよかった方の名を覚えていますか？」

「懐かしいことを聞くな」

ウィンはそう言って思い出すように目を細める。でも、長老の表情は真剣だった。

「この村の者達とは誰とでも仲がよかったよ。だがそうだな……。最も……と言われると、やはりナラックか」

「ナラック……なるほど。かしこまりました。では、ウィン様。いえ、サクヤ様。一つ、依頼を受けていただけないでしょうか？」

そう言われて長老は私を見るけど……。

「あの、わたしは冒険者ではありません」

「冒険者ではなくとも、依頼を受けることはあるのでは？　もちろんギルドを通さない依頼ですが」

「それは……」

どうしようかと悩んでいると、ウィンが口を開く。

「まずは条件を言え」

「はい。では……依頼の内容は植物の採取です。リストはこちらになります。そして報酬は……この村の全てです」

この村の全て……？　え？　わたしがこの村の村長になれってこと？　流石にそれは……。

「わたしは別にこの村とかいらないんですが……」

「では必要なものだけを持っていっていただくということでも結構です。この村秘伝の秘薬の製造方法もお教えします」

「秘薬の製造方法は門外不出なのでは⁉」

わたしが考える前に、アルト君がものすごく驚いていた。

秘薬ってあの丸薬だよね？

「だが、これはどうしても受けてもらわねばならん依頼なのだ」

「ですが、どれだけケンリスの街や国から迫られようとも、圧力に屈せずに先祖代々教えてこなかったんですよ⁉　流石にそれは……」

「アルト。落ち着きなさい」

長老はそう言って、少し考えてからアルト君に話す。

「考えてもみよ。あの聖獣を――フェンリル様を従魔にする方が、気軽に秘薬の製造方法をばらまく訳があるまい。それに、一緒にいたお前も……サクヤ様がそのようなことをすると思うのか？」

そう言ってアルト君を説得する長老の表情は優しかった。

アルト君もそう言われて納得したのか、わたしに頭を下げてくる。

「サクヤ……様。ごめんなさい。疑ってしまって……」

「いえ、秘薬の効果はすごいですし、確かにそれをバラまいたらまずそうですもんね。そうなるのが普通だと思います。あと、様はいらないです」

「ありがとうございます。とても……お優しいですね」

アルト君がホッとした様子を見せる横で、長老が再び口を開く。

「して、この依頼。受けていただけないでしょうか？」

「この素材は、近くにあるんでしょうか？」

「あります。ただ、今のこの村の者達では立ち入れない場所にあるものや、強い魔物がいて採取に危険が伴《ともな》うようなものばかりなのです」

「強い……魔物……危険……」

ウィンが怪我をするなら断ろうか。そう思っていると、ウィンが答える。

「俺が勝てない……いや、怪我を負うほどの魔物はこの辺りではおらん。安心しろ」

「そうなの？」

「ああ、どいつもこいつも近寄るまでもない」

「分かった……長老さん、それならお受けします」

わたしがそう言うと、長老は深く頭を下げる。

「感謝します。リストの植物については、アルトが知っています。連れていってどこに生えているかなどを聞いてください」

「アルト君。よろしくね」

「はい！　精一杯頑張ります！」

彼は元気よく頷いてくれた。

それからわたし達は部屋を出て、これからのことを話し合う。

「じゃあ、明日からっていうことにした方がいいのかな？」

「ですね。今日はもう結構遅いですし……」

ということで、翌日の朝からわたし達は素材収集をすることになった。


翌日。

わたし達はいつものメンバーにアルト君を加えて、素材採集のために村を出た。

「まず、今回の目的の素材は五種類。どれも本当に貴重で、中々生えないので一週間はかかるかもしれません。よろしくお願いしますね」

「はい。頑張ろうね！」

わたしが握りこぶしを作って見せると、アルト君は頷く。

「ではまずざっくりと、採る物を説明していきますね。まずはバミュー、これは森の奥の魔力の濃い所にしか生えず……」

彼はバミューのことを説明してくれていたけれど、その名前を聞いてから話しが頭に入ってこずに、慌てて止める。

なぜならば、とても聞き覚えがあったからだ。

「アルト君」

「なんでしょう？」

「それ昨日見たよ？」

「なんですって？」

「だよね？　ウィン」

「ああ、あったな」

アルト君のほんと……？　という目に耐えながらわたし達は昨日見つけた場所に向かう。

「あった……こんなに浅い場所に……」

そして、昨日あった場所に案内すると、ちゃんとそこにバミューは残っていた。

「じゃあ採集は僕がしますね。すみません。疑って……」

「いつもはここにないんでしょ？　仕方ないよ」

ということで一つ目をクリア。

「では次……次はマンドラゴラで……」

「待った」

「？」

狙っている？　と思われるほどに昨日見たものばかりなんだけど……。

まぁ、簡単に見つかるならいいか。

「それはあそこにあったよ」

「……」

アルト君は何も言えなくなり、そして歩いていくと――

「なんでマンドラゴラまでこんな場所に……魔力がすごく濃くないとできないのに……」

「ま、見つかったんだからいいじゃない！」

「……サクヤちゃんってあれですか？　神様に愛されているとかですか？　めっちゃかわいいってかわいがられていますか？」

「いや、神様とか会ったことないよ」

気が付いたらこの森にいたんだから。

「そうですか……」

「あ、でも……」

「なんですか？」

「いや、なんでもない」

確か称号に……と思い返しながら、自分を鑑定する。

《名前》　サクヤ
《種族》　人間

《年齢》　5
《レベル》　1
《状態》　健康　従魔（ヴァイス）　従魔（ウィン）
《体力》　20　《魔力》　？？？？？？？？？？？？？
《力》　5　《器用さ》　15　《素早さ》　10
《スキル》　創造魔法　神聖魔法　鑑定　隠蔽《いんぺい》　言語理解　アイテムボックス　？？？？　？？？
《称号》　神の愛《いと》し子　？？？？

神の愛し子ってあんじゃん……。

これ、かわいがられてるのかな。てかこの『？』はいつ読めるようになるんだろう。レベルとか上げたらいいの？　でも戦うのはちょっとな……。分からないスキルはまぁ……今のところ困ってないしいいかな。

そんなことを考えているうちに、うるさいマンドラゴラはアルト君が処理してくれていた。なのであとは三つだ。

「でも、残りはわたし達も聞いたことないやつみたいだから、大変かもね」

「いえ、あとは大体の場所は分かっています。強い魔物が出るのと、険しい場所ってだけですから」

「そう……」

次にアルト君が案内してくれたのは、崖《がけ》の前だった。切り立った崖の中腹にしか生えない薬草があったのだが、ウィンが風魔法で採ってくれた。

その次は洞窟の中、レアな金属の近くにしか生えないという薬草。これはヴァイスが金魔法の力で金属がある辺りを教えてくれて、すぐに見つかった。

最後の薬草があるのは、凶暴《きょうぼう》だが賢《かしこ》い鳥の魔物の巣が中腹辺りにある巨木。ただウィンが威嚇《いかく》をすると、鳥達は巣に戻って震えるだけになったので、危険なくゆっくりと採れた。

「半日かからなかったね。帰ってご飯食べよう」

「これ……全部とても珍しい素材なんですけど……そこらに落ちてる石レベルで簡単に集まりましたね……」

アルト君は途中から苦笑いしかしなくなっていたのだった。

「もう……採ってこられたんですか？」

戻って集めてきた薬草を渡すと、長老は信じられないと言いたげな表情だった。

まぁ……一週間と考えていたのが、半日で集めたらそうなるのは仕方ないと思う。

「はい。これが依頼されていた物です」

アルト君は持っていたバスケットを彼に渡す。

「確かに……全て揃っていて、品質も文句はありません……。すぐに作ってきますので、しばしお待ちを」

「はい？」

今から作る？　何を？

まぁ、何かやることがあるのだろう。

「じゃあウィン。この辺りで見晴らしのいい、ご飯を食べれる場所はない？」

「あるぞ」

それからわたし達はご飯を持って、ウィンの案内で村近くの丘の上に行く。

丘の上からの景色は、目の前にはパルマの村とその奥にはダンケルの森。背後には雄大《ゆうだい》な山々が聳《そび》えている。それらを一望できるとても素晴らしい場所だった。

「いい景色だね」

「ああ、昨日名前を出したナラックも、ここで食事をするのが好きだったんだ」

「一緒にご飯を食べたんだね」

「ああ、あいつは……いつかこの村を世界一の村にしてやるって、いつも意気込んでいてな。いい奴だったよ」

ウィンはそう言って、少し寂しそうな表情を浮かべる。

わたしは何も言わずにウィンを抱き締めた。

「ありがとう。サクヤ。でも、俺にはお前がいるから寂しくはないぞ」

「うん。知ってる」

でも、今は抱き締めたい。そう思って抱き締め続けた。

みんなは静かにしてくれていて、何も言うようなことはなかった。

「それではご飯にするか」

ウィンがそう言ったので、わたしは抱きつくのをやめて、一緒に食事をする。

泉で食べるご飯もよかったけれど、優しい風が頬《ほお》を撫でるこの場所もとてもよかった。

美しい森の木々。ささやかに耳元を吹き抜けていく風。雄大にそびえる山脈。自然の偉大さと美しさを全て味わっているようだ。

わたし達はそんな時間を堪能し、村長の家に帰る。

途中、ウィンは何か考えているようだったので、そっとしておいた。それから村長の家に帰ると、長老が出迎えてくれて部屋に通された。

「お待ちしておりました。こちらへお越しください」

「薬はいいんですか？」

「これですが、皆様には使いませんので」

彼は真っ黒な液体の入った瓶を少し持ち上げ、後ろを振り返る。通路の行き止まりに止まったと思ったら、壁の一部をそのまま押し込んだ。

――ガコン。

何か音が鳴った直後、壁が扉のように開いて、下へ続く階段が現れた。

「これは……」

「こちらです」

わたし達はおとなしくついていく。

一番下に到着すると、魔道具でもあるのか明かりが勝手に灯《とも》る。

そこにあったの八畳ほどの広さの部屋で、四隅には明かりの魔道具があった。

それ以外にあるものと言えば、中央に置いてある棺桶《かんおけ》だけだ。

「棺桶……？」

わたしが呟くけれど、長老は気にせずアルト君に指示を出す。

「アルト。この棺桶の蓋を開けてくれ」

「……分かりました」

そうしてアルト君が蓋を取ると――中にはよぼよぼになった老人が寝ていた。

ミイラみたいだけど、そこまで干からびておらず、ゆっくりとだが、胸も動いている。

するとそこで、ウィンが驚くことを口にした。

「ナラック……か？」

「え？」

三百年前の人が、そこにいた。

◇◆◇◆◇

俺、ウィンは昔のことを……ナラックと出会った三百年前のことを思い出していた。

当時、俺はたまたまこの近辺に立ち寄り、魔物に襲われている村人を見つけた。

「仕方ない。助けてやるか……」

俺は一瞬で魔物を倒し、村人に怪我がないかを確認する。

どうやら問題ないようなので、すぐに踵《きびす》を返した。

助けられた人間は腰を抜かし、何も言えないまま俺が去るのを見るだけ。それがいつものことだ。

今回もそうだと思っていたが……

「なぁ！　あんた何者だ⁉　見た感じ狼の魔物だと思うが……なんで助けてくれたんだ⁉」

歳は二十を少し下回るくらいだろうか。肌は日に焼け、健康的な色をしている。服は半袖《はんそで》短パンでかなり動きやすそうな服装に、背には籠《かご》を背負っていた。

「……別に。気まぐれだ。気にするな」

そう言って俺が去ろうとすると、彼は俺に抱きついてくる。

「そう急ぐなって！　この近くに俺の村があるんだ。せめて飯でも食っていってくれよ！」

「いらん」

「遠慮《えんりょ》するなって！　俺んちは自慢じゃないが多少裕福だから、あんたに腹いっぱい食わせてやるくらいはあるから！」

この時、別に断ってもよかった。ただ、なんとなくついていってもいい気がした。

「あんたの名前はなんて言うんだ？　俺はナラック」

「俺に名はない」

「じゃあ俺がつけてもいいか？」

「いらん」

「そっか……しゃあねえな。と、ここが俺の村！　パルマの村だ！」

「ほう……こんな森の中なのに意外と栄えている」

到着した村を囲う柵は全て新しく、その範囲もまた広い。

これだけ豊かな村がこのダンケルの森にあったのかと驚いてしまう。

「まだまだ、驚くのはこんなもんじゃない！　こっちに来てくれ！」

そう言って走っていく彼を、俺は追いかけた。

「ただいまー！　母ちゃん！　恩人が来たからメシ振舞ってくれ！」

「はぁ？　なんだい恩人って。どこの誰……って人じゃないじゃないか！」

「確かに……恩人……じゃないか。恩獣《おんじゅう》……？　ま、なんでもいいから出してくれ！」

「なんでもって……客人、あんた何を食べるんだい？　生肉……？」

そう不審がりながらも聞いてくる女性に、俺はただ返す。

「なんでも食える。だから気にするな」

「まぁ……喋れるなんて……すごい方に助けてもらったわね」

「俺は運があるからな！　ま、実力もあるけど！」

「薬師としてはいいかもしれないけど、危ないことするんじゃないよ」

「まぁまぁ！　それじゃあ食おうぜ！」

それからやかましいナラックと一緒に、長い時間を過ごすことになった。

奴の家族は俺を邪険に扱うこともなく、いたって普通に客人として接してくれた。

それはこれまで聖獣として崇《あが》められるばかりだった俺としては、気楽でよかった。

適度に周囲の魔物を狩って、食事や寝床を貰ってこのパルマの村で過ごす。

そんな生活をすっかり気に入り、それから数年、その村でナラックと共に過ごすことになった。

奴についていって植物の採集にも付き合ったし、あの丘で共に食べた飯は美味《うま》かった。

その数年の間で、俺の正体がフェンリルだと旅人のせいでバレたけれど、それもあの家族にとっては変わりはなかった。

ナラックと語り合うのは、大抵があの丘の上だった。

彼はこの丘が好きで、俺もまたそうだったから。

「フェンリル。俺はな。この村をこの国一番の村にしたいんだ」

「ほう。大きく出たな」

「それだけじゃないぜ？　魔物達もなんとかして、村人が襲われることもなくしたい。そのために、俺は今、薬の研究もしているんだからな」

「あの黒い丸薬か」

「まだ効果は全然だけどな。だけど、いずれ……人が強くなって、フェンリル達聖獣だけがそんなに戦わなくてもいいようにしてやりたいと思っているんだ」

「ほう……」

まさかそんなことを考えていたとは、と俺は素直に驚いた。いつもただうるさいだけの奴だったからな。

「だから、いつか……フェンリルが戦わなくてよくなって、そうしたら……ここでずっとのんびり過ごそうぜ」

「中々……愉快な提案だな。だが、それには敵が多いんじゃないのか？」

「まぁな……ケンリスの村には怪しい奴がいるって話だし……森の南の方でも、何かやってるって話だ。敵が魔物だけじゃないのが辛いところだな」

「安心しろ。その時は俺が敵を噛《か》み砕いてやる」

「ありがとう。フェンリル。南でなんか危ないことやってたら倒してきてくれ。頼むぜ？」

「任せろ」

そして翌日、俺はナラックの気にしていた森の南を調べに行くことにした。

するとすぐに、怪しい洞窟を見つけた。

なにせ、入り口には相当注意せねば分からない隠蔽の魔法がかけられていたのだ。

俺は迷うことなく、そこに踏み込んだ。自慢の牙で砕けなかったものはなかったから。

だがその結果として、そこに潜んでいた敵どもと戦うことになり——敵の首魁《しゅかい》は倒したものの、その命と引き換えに、洞窟に囚われてしまうことになった。

どうやっても、俺の力ではあの牢を壊すことができず、俺はいつしか諦めていた。

――そして今、ナラックと同じ匂いを持つ男がいた。

俺は信じられなかった。

三百年も経ち、もう会えないものと思っていた。

だからあいつが残したこの村に、最後のあいさつでもと思って来たのだが……なぜナラックがここにいる？

「なぜここに……」

俺がぽつりと口に出すと、長老は手に持った薬を、ナラックの口にゆっくりと注ぐ。

そして瓶が空になったところで、長老は話し始めた。

「この薬は……祖先であるナラック様が開発されたものです。その効果は、ある種の不死にするというもの」

「不死……人をか？」

「ええ、ですが『ある種』と言ったように、この薬は欠陥品《けっかんひん》です。不死になると言っても、病にならず、老衰《ろうすい》で死ぬことがなくなるだけで、外傷などで致命傷《ちめいしょう》を負えば死にます。結果として、眠り続けることになる薬となりました」

「それでは、死んでいるだけと何が違うのだ」

「この薬を一度飲めば、先ほど話したように眠ったように生き続けます。では二度飲めば？　ご覧いただくのがよろしいかと。ただし、十分ほどしかありませんが」

長老がそう言いきったところで、棺桶の中に眠っていたナラックが咳《せき》をする。

「ゴホッ！　ゴホゴホ」

「ナラック⁉」

俺は思わず名を呼ぶ。

「う……うん。その声……ごほっ！　フェンリル……様……ですか」

「……久しいな、ナラックよ。……まさか三百年ぶりに会えるとは思っていなかったぞ」

「ええ、ワシも……いいえ、あなたの前では俺……の方がいいかな」

「好きにするがいい。様もいらん」

「ではそうして……俺も……諦めていた。もう……フェンリルには会えないのかと」

こうして会話をしている今ですら信じられない。でも、この時間を無駄《むだ》にはできない。

「起きられるか？」

「ええ……ふ……ぐぅ。いやぁ……賭《か》けだったが……案外、上手くいったもんだ」

そう言って奴は起き上がる。

俺は、今だけは無理を通させてもらう。

「サクヤ、すまん……いいか？」

「好きにして、帰ってきてくれるって知ってるから」

「ああ。〈風の箱舟《はこぶね》〉」

俺はそう言って、信じてくれるかわいい主に頷き、魔法を使ってナラックを持ち上げて走り出す。

地上に上がり、建物を出て……行く先は決まっている。

「ほほ……この老体にこれはきついな」

「黙っていろ」

すぐに到着したのは、いつも俺とナラックと語り合っていたあの丘だ。

「この景色は……変わらないな……。今は……三百年後と言っていたか？」

「ああ、おれ達がいたのは三百年前らしいぞ」

「よく……俺の子孫達は村を守ってくれたものだ」

「感謝してやれ」

「本当にな」

そう言って、ナラックはおれに向かって深く頭を下げる。

「フェンリル様。俺は……子孫に迷惑をかけてまで生き永《なが》らえました。それもこれも、あなたに謝罪をするためです」

「どうした突然、改まって」

「あなたは……勝手にいなくなるような方ではない。ダンケルの森できっと何かに巻き込まれてしまったのでしょう。これまでずっと……あなたに助けられてきた。今度は……俺達があなたを助ける番だった。村を上げて助けに行こうとしたのですが、成果もあげられずないもできなかった。ただ……無為《むい》に時間を過ごし……何もできず、ただのうのうと生き永らえてしまった。本当に……申し訳ないことをしました」

そう言う彼の目から、透明の雫《しずく》が地面に落ちる。

俺はそう言う彼の顔を、下から頭で強引に上げさせた。

「え……」

「顔を上げろ、ナラック。残り少ない時間、うつむいているなど時間の無駄だ。顔を見せろ」

「フェンリル様……」

「全く、その無駄に責任感が強いのも懐かしい。お前が謝ることでもあるまい」

「それは……立場上仕方なく……」

「だが、お前には似合わん。大言壮語《たいげんそうご》を吐き、それに向かって進んでいる方が貴様らしい」

俺はそう言うけれど、彼は難しそうな顔をする。

「ですが、俺にはもう……時間が……」

「だが、そこでも無理を言うのが貴様だろうが」

「……それもそうかもな。この礼はいずれしてやろう。フェンリルは何が欲しい？」

「俺は今のままで満足だよ。サクヤの従魔になり、今の日々がとても楽しい」

「なんと……従魔になったのか？　もしかしてさっきのかわいい幼子か？　一体どうやったのだ？」

俺は昔の雑談をするようにサクヤと出会った時のことを語る。

「三百年前、俺が消えたのは敵の罠《わな》にはまって、牢に入れられたからでな。そこから出してくれたのがサクヤなのだ」

「フェンリルが捕まっている牢を壊すとは……すごい才があるのだな」

「ああ、百万年に一人……いや、一千万年に一人の才の持ち主だぞ」

「想像もできないな」

「だろうな。俺も初めて会った」

「それだけの長い年月なら当然であろうよ」

「くく、違いない」

そんな他愛ないことを話しながら、二人だけで語り合う。

「時にナラックよ」

「なんだ？　フェンリル」

「お前の生は……幸せだったか？」

「ああ、謝ったあとでなんて野郎だと思うかもしれないが、俺は幸せだった。フェンリルに会い、妻に会い、子が成長し、孫が生まれた。そして、今もこうして子孫が元気でやっているのを見て取れた。満ち足りた人生だったよ」

「そうか……それなら、俺はお前のことを許そう。お前が幸せだったのなら、それは俺の幸せでもあったのだからな」

「なんだその言い方……もしあのまま過ごしていたら、俺の最期《さいご》には従魔になってくれていたのか？」

そう問われて、俺はどうしたのだろうと考えてしまう。

でも、少なくとも、今は帰りを待ってくれる主がいる。

「どうであろうな。だが、今は帰るべき主がいる」

「そうか……それなら、俺も心置きなく逝《い》ける」

「ああ、お前も妻に遅いとどやされるなよ」

「はは、誠心誠意《せいしんせいい》謝るとするよ」

「ああ、達者でな」

ナラックは疲れたのか、地面に腰を下ろす。

そして、目に焼き付けるように、ここからの景色をじっと見つめた。

「いい眺めだ……俺がいて、フェンリルがいる。ずっとここにいたいくらいだ」

「無茶を言う」

「無茶ではないさ。子供達には伝えてあるんだ。俺の体はここに埋《う》めておいてくれ。今はここで……いつか風になり、お前と共に駆けてみたい」

「そうなったらこき使ってやるさ」

「ふふ……人使いが荒い」

「お前が言うことではないだろうよ」

「それもそうか……。だが、嬉しいよ。これから去る俺ではなく、今いる主のことを思ってくれた。友の……これからの幸せを祈っている」

「そうだな……友よ」

ナラックはそれきり動かなくなった。

俺は魔法で彼の体を浮かせ、ここに穴を掘る。

そして、彼の体を埋め、主の待つ場所に戻った。

◇　◆　◇　◆　◇

わたし達は、ウィンがナラックさんとどこかに行ったので、上の部屋で待っていることにした。

最初は下で待っておこうかと思ったけれど、それはやめた。

きっと今の私は不安な顔をしているだろうし、それを人に見られたくなかったから。

「ヴァイス、エアホーンラビット……ウィン……大丈夫かな」

「ウギャウ」

「キュイ」

ウィンが帰ってきてくれる。それは心配していない。

でも、三百年前とはいえ、とても仲がよかった人と久々に再会できて……その人が死んでしまう。

久しぶりに再会したウィンがどう思うのか。そして、最期の別れをどう感じるのか。

それを思うと、わたしも辛くなってしまう。もしかしたら、一日は浸《ひた》って、その場から動けないかも。

そうなったら、わたしがウィンの側に行ってあげないと……。

「帰ったぞ」

「ウィン!?」

でも、そんな心配は不要で、ウィンはすぐに帰ってきてくれた。

「どうしたサクヤ。そんな不安そうな顔をして」

「だって……あの人は……ウィンにとって大事な人だったんでしょ？　とっても……仲がよかったんでしょ？　それなのに、亡くなるのは……辛い……よね」

わたしが言葉に詰まりながらそう言うと、ウィンは優しく鼻でつんつんしてくる。

「サクヤ。元々死んでいたと思っていたのだ。それが、最後にあいさつを交わせた。それだけで俺は満足だ。だから気に病む必要はない。むしろ、嬉しかったくらいなんだぞ？　奴が幸せな生を歩んだと聞けて、心残りが消えた」

「ウィン……」

「サクヤもありがとうな。俺のわがままに付き合ってくれて」

「ううん。いいの。ウィンのお願いだったら聞くよ」

わたしはそう言って、なんとか笑みを浮かべる。

ウィンが笑ってくれているんだから、わたしも笑わないと。

それから、わたし達は長老の所――下の部屋に行く。

「失礼します」

「ああ、もういいのですか？」

「はい。わたし達は……笑顔で今回のことを受け入れると決めましたから」

わたしがそう言うと、長老はふっと微笑《ほほえ》んだ。

「その選択をしてくれたのなら、何も言うことはありません。では、報酬について話しましょう」

「報酬……」

確か村がどうとか……。

「わたしは別にこの村を治めたいとも思いませんし、先ほど言ってくださった秘薬の作り方を教えてほしいとも思いません。ウィンが欲しいなら貰いたいと思うけど……」

「俺もいらぬ」

「ということですので……」

「では、何か欲しい物はありませんかな？　これだけのことをしていただいたのに、何も返せないということは我々としても許せないのです」

「と言われましても……」

特に代わりに欲しいものがある訳じゃない。

村の懐《ふところ》事情も厳しいだろうし、お金ですませるのも違う気がする。

わたし達はお互いにしばらく悩み……ふと、疑問に思ったことを聞くことにした。

「あの、それなら、一つ聞いてもいいですか？」

「なんでしょう」

「盗賊達は自分達の仲間じゃない。と言ってましたよね。それならどうしてケンリスの街がやっているると思っているんですか？」

「ああ。ケンリスの街が、我々の村に人を通さないようにしているのでは、という話ですね……」

長老はしばらく考えてから、溜息をついて答えてくれた。

「本当は……あなたにこのことを話す気はなかった」

「どうしてですか？」

「巻き込んでしまうかもしれないからですよ。いくらウィン様を従魔にしているとはいえ、ケンリスの街の奴らは狡猾《こうかつ》です。事情を知れば、あなたが狙われるかもしれない。クロノ様達もあなたを巻き込まないように……そう思ってここに残されたのでは？」

確かに、一度ケンリスに戻って調べると言っていたクロノさんとリオンさんは、わたしがついていこうかと言っても、任せてくれとしか言わなかった。

でも、彼らに任せて、自分は好き勝手に生きる？

それは違う。むしろ、わたしが助けたいと好きに思ったから好き勝手に助ける。それでいいんじゃないのだろうか。

「わたしはクロノさんとリオンさんの力になりたいと思っています。それが理由じゃダメでしょうか」

「……そうですか。それならお話ししましょう。彼らは国の任務のために隠しておきたいかもしれませんが……我々には関係ない。今まで、何もしてこなかった国に、返す義理などありませんからな」

「はい」

そう言って、長老は話し出す。

「まず、領主のかなり近いところに、我々の仲間がいるのです。その者から、盗賊が出るのは領主の指示であることを教えてもらいました。正体は盗賊ではなく領主の兵で、旅人を追い返すために、命までは取らないように命令されているようです」

「え⁉　仲間が？」

「スパイということですな」

そんな、それならこの村に関わる酷いことを止めたりは……。

でも、長老は答えてくれる。

「ですが、この村に対する領主の対応を止めるということはできません。多少指示を緩くするということはしてくれているらしいですが、あからさまにやってしまうと、領主に勘付かれてしまうので」

「なるほど」

「ですが、情報だけはなるべく流してくれています。その情報にどれほど助けられたか……」

「その方は誰なのでしょうか？」

「残念ながら言えません。いえ、言うべきではないでしょう」

「なぜですか？」

わたしが聞くと、丁寧に教えてくれる。

「もし会った時に、それを隠すことはできますか？　もしあなた方が信じられても、向こうからあなた方を信じることはできません」

「はぁ……」

「これからお教えする方法以外で会い、村の仲間だと言ったとしても、嘘だと思われるでしょう。それほど、領主の近くの人間は信用ならないと言っていました」

「その方法であれば、あちらもわたし達を信用してくれる。ということですか？」

「そういうことになります」

なるほど。

そんなにも城下町……というか、領主の近くは信用できない人だらけなんだろうか。

「会えるのは五日後、城下町にあるバーバリアンの酒場という店、夜八時に十番の部屋に行けば会うことができます。ですが、あまり大人数で行かないように。それと、ウィン様達は目立ちすぎます。行かない方が賢明《けんめい》でしょう」

「分かりました。このことはクロノさん達に話してもいいのでしょうか？」

「お任せします。あなたなら悪いようにはしない。そうだと分かっていますから」

「お話ししてくれてありがとうございます。わたし達は明日にでもケンリスの街に戻ります」

「ええ、お気を付けて。それといつでも来てください。歓迎《かんげい》いたします。ですが、今夜は……ゆっくりと休んでください。村のみんなには明日出立と伝えるので、宴も開かれると思いますので、楽しんでくださいね」

「ありがとうございます」

そうして、わたし達は話を終えた。

その夜、わたし達はこの村最後の夜ということで、たくさん食べて、飲んで騒いだ。

みんな……ウィン達も快く受け入れてくれて、本当に嬉しかった。

第4話

翌日。

わたしは村長一家とアルト君の見送りを受けて、パルマ村を出る。

ライネスさんが代表してあいさつをしてくれた。

「色々と手間をかけて悪かったな。これは……礼だ。せめて受け取ってほしい」

「はい」

わたしはなんだろうと思って受け取ると、それはクロノさん達が受け取ることを断っていた黒い丸薬だった。これでわたしもパワーアップできる。

『サクヤはそのままでいい』

『そ、そう?』

心を読まれたのか、ウィンにそう言われてしまった。

「でも、これは高価な物なのでは……」

「お前以外の仲間が必要になるかもしれねーだろ。何かあった時に強くなれるアイテムだ。持っておいて損はない」

と、ライネスさんに強引に押し付けられた。

「……ありがとうございます」

「じゃあな。フェンリル様がいるのなら問題ないと思うが、気を付けてな」

「はい！」

そして、アルト君が前に出てくる。

「サクヤちゃん……また来てくださいね？　今度はみんなで一緒に泉に行きましょう」

「うん！　絶対来るね！」

そんな約束して、わたし達はパルマの村を出た。

帰る途中、盗賊でも出るのかと思ったけれど、ウィンの魔法で気配を極限まで消しているらしく、見つかることはなかった。来る時はクロノさんの特訓も兼ねてたから使わなかったけど、今は余計なトラブルに巻き込まれたくないからね。

そして――

「え……もう着いたの？　パルマの村を出てから一時間経ってないよ？」

「俺の足をそこらのものと一緒にするな。本気を出せば十分で着く」

「わたしを気遣ってくれたの？　ありがとう」

「ふん……さっさと行くぞ」

ということでケンリスの街に入ろうか……というところで、わたしは気付く。

「普通に入れるかな？」

「なぜだ？　出る時ならあれかもしれないが、入る時は受け入れてくれるのではないか？」

「うーん。でも、わたしみたいな歳の子が入りたい……って言って信じてもらえるのか……」

「大丈夫だ。考えすぎだろう。疑うようなら気絶させて入ればいい」

「いや、それはもっとダメでしょう」

「傷は残さん」

「そういう問題じゃないよ」

別に確かにいいかも……とは思うけれど、まぁ今更か。

「じゃあいいか。普通に入ろう」

わたし達は列に並び、自分達の番まで待つ。

その間ヴァイスを撫でまわしていて、エアホーンラビットはじっと大人しくしてくれていた。従魔証がないからだ。中に入るまでは透明になってじっとしていてというお願いに頷いてくれた。

「よし、次」

わたしは……いや、ウィンはのしのしと歩いて衛兵の所に行く。

「幼子が一人と……従魔が二体……おい。後ろの奴。こいつの保護者じゃないのか？」

「い、いいえ。私は関係ありません」

後ろにいる人が慌てて首を振る。

「わたしは一人でここに来ました」

「何!?　お前……何歳だ？」

「五歳です」

「五歳でダンケルの森にいたのか!?　保護者は何をやっている。こんなかわいい子を一人でダンケルの森に置き去りにするなんて……お前の家はどこだ!?」

なんか衛兵の人が一人で高ぶっている。でも、ここでクロノさん達の名前を出すのは怒られそうだ。

「あ、いえ、わたしは従魔のウィンとヴァイスと……がいれば問題ないんです。なので、気にしないでください」

「五歳の子が何を分かるのだ!?　あの森には危険な魔物がたくさんいる。しかも、今はあのスライムのせいで森が荒らされ、生態系がかなり狂っている。近くに普段出ない魔物もたくさん出ているんだ」

「森が……ああ、木がたくさん呑み込まれていたとかですか？」

「そうだ。そのせいで今は、冒険者でも低ランクの者は森に入るのを禁止されている。だからせめて貴様の保護者に強く言ってやる。さぁ誰だ。言え」

どうしよう……。

わたしの保護者は……クロノさん？　この街に住むように提案もしてくれたし。

でも、これだけ怒っている人にクロノさんの名前を出すのはちょっとな……。ということで、しらを切ることにした。

「いえ……ですから……」

「言いなさい！　子供は守ってやらねばならんのだからな！」

「でも……これは自分で……」

「そんな風に教育したことをさらに叱《しか》ってやる！」

「……」

と、なんだかおかしな方向にいってしまいそうだけれど、でも、わたしのことを心配してくれているのは分かる。どうしよう……と思っていると、もう一人の衛兵が取りなしてくれた。

「おい、そこまでにしろ。その子が怖がってるだろ」

「だが、これは大人として」

「前に話が回ってきただろう？　クロノ達が言っていた子じゃないのか？　狼と虎の従魔を連れた幼子……特徴が一致する」

……なんのために黙っていたのか。バレてしまった。

これでクロノさんが怒られるのかな……とちょっと申し訳なくなる。

なので、なんとか説得を試《こころ》みよう。

「あの、わたしは自分の判断でやっているので、クロノさん達には言わないでください」

「あいつら……自分達が怒られたくないからとこんな風に言わせるなんて……許せん」

もうダメっぽい。何を言ってもクロノさん達が怒られる方向にしかいかない気がしてきた。

助けを求めてもう一人の方を見ると、苦笑いをして頷いてくれる。

「そこまでにしておけ。今度俺の方からクロノ達に言っておくから、お前はちゃんと仕事をしておけ」

「だが、これは……」

「ほら、後ろが詰まっているんだ。それに、お前はあいつらと話したことないだろ？　俺はそれなりに話すから大丈夫なんだよ。分かったら仕事に戻れ」

「むぅ……分かった」

そう言いつつ、怒ってくれた人は仕事に戻っていった。

もう一人の人はわたしの耳に小声で言う。

「これでよかった？」

「ありがとうございます」

「いいってことさ。あいつらにはいつも助けられているからな。それに盗賊狩りまでしてもらったんだ」

「あ……はい……」

やっぱりそっちも知れ渡っているのね……。わたしは気恥ずかしさを感じ、すぐに行こうとして思いとどまった。

「あの、一つ聞いてもいいですか？」

「なんだい？」

「今クロノさん達がどこにいるかご存じですか？」

「今……？　確か、数日前にここを出てから帰ってきてないんじゃなかったのか？」

「え」

パルマの村から帰ってきていない……？　不安感がわたしの胸をよぎった。

わたしは少し考えてから、ウィンに向かって念話で話す。

『ウィン。とりあえずギルドに行って確認しよう』

『分かった』

ウィンは怒られないギリギリの速度で走り、冒険者ギルドに向かう。

クロノさん達が出発したのは数日前。なのに街に入っていないなんて……とにかく無事でいてほしい。そんな思いで冒険者ギルドに入る。

そして、受付に向かって進んでいると……

「サクヤ!?　なんでここにいる!?」

「え？　サクヤちゃん!?　なんで!?」

そう声をかけてきたのは、クロノさんとリオンさんだった。

「なんでここにいるんですか？」

「「それはこっちのセリフだよ!?」」

流石兄弟、セリフが被っているな……。

それから、三人と三体で近くの広場に向かう。

「ウィン。お願い」

『〈風の結界〉』

周囲に声が聞こえなくなる魔法を使ってもらってから、わたし達は話す。

まずはクロノさんからだ。

「サクヤ。なんで来た⁉　危険かもしれないからあの村で待っていろとあれほど……」

「そうだよ。君が怪我したらみんな悲しむよ？　分かってる？　僕達がやろうとしていることは、それだけ危ないことなんだから……」

そう言われてしまうと、ちょっと申し訳なく思う。だけど、わたしだって言い返す。

「でも、わたしだってクロノさん達の力になりたいって思います！　そのためになる情報も持ってきましたし……」

「それは……とても嬉しいが……」

「でも……サクヤちゃんを危ない目に遭《あ》わせる訳には……」

二人が頭を抱えるけれど、ウィンが答える。

「サクヤの安全は俺達が守る。お前達はサクヤから情報を貰ってやるべきことをやれ。それですむ話ではないか」

「ウィン様……」

「という訳でサクヤ。教えてやれ」

「うん。ありがとうウィン」

ということで、わたしは五日後……いや、一日過ぎたから四日後か。

領主の近くにいる人が、情報を渡しに来てくれることを伝えた。

「そんなことが……それは本当なのか？」

「本当です。嘘を言っているようには思いませんでした」

「そうか……なるほど、感謝する」

伝えるべきことはこれで終わってしまった。

なので、不安に思ったことを聞いておく。

「あの……この街に来た時、クロノさんとリオンさんはまだ帰ってきていない。ということを聞いたんですが、どこにいたんですか？」

「ん？　俺達は普通に遠回りして帰ってきただけだぞ。その時に盗賊も一回捕らえたから、少し遅くなって、ついさっき門を通ったんだ」

なるほど、別の門から入ったから、共有されてなかったのかな。でもわたし達が彼らを追い抜くことなんて……。

「サクヤ。俺は一時間で戻ってきたんだ。追い抜くこともあるだろう」

「それもそっか……」

考えれば簡単な話だった。

「それで、お前達はこれからどうするんだ？」

ウィンがクロノさん達に、今後の予定を聞く。

「おれ達はこれから城下町に入って、領主のことや側近のことをもっと詳しく調べようと思います」

「僕は領主の金の流れなどについても色々と調べてみるつもりです」

「なるほど、何か手伝ってほしいことはあるか？」

ウィンがわたしの気持ちを察してそう言ってくれる。でも、クロノさんは首を振る。

「いえ、ウィン様にお願いするようなことは今はありません。むしろ、サクヤには普通に下町にいてほしいと思っています」

「ほう。その理由は？」

「いつもと変わらずにサクヤが下町にいてくれた方が、城下町を刺激しないですみます。サクヤ……というより、従魔が城下町に来ると、やはり警戒心は上がってしまいますから」

「なるほど、ではサクヤ。これからどうする？」

いきなり話を振られてしまい、わたしはどうしようかと考える。

「それなら、適当に街を歩いていますね。それでいいですか？」

「ああ、そうしてくれると助かる。それに、この街にはまだまだ案内できてない店とかもあるからな」

「確かに……前は街をぐるっと見て回っただけですもんね。どんな店があるのかとか結構見てみたいなとは思っていました」

やっぱり異世界のお店巡りは心躍《こころおど》るものがある。

本は読めないし、ゲームもないし、暇だからってのもあるけど。

「ではそういうことだ。その時まで俺達は情報を調べておく。もし……いざという時に手伝ってほしくなったら……頼んでいいか？」

「兄さん!?」

リオンさんは叫ぶけれど、わたしは頷く。

「はい。お手伝いしますよ」

「ありがとう。助かる」

そう言ってクロノさんはわたしの頭をひと撫でする。

手のひらはとても硬《かた》かったけれど、撫で方は優しく丁寧だった。

わたし達は別れ、それから街中をのんびり歩くことにした。

ただ、エアホーンラビットが姿を現せず、ちょっと悲しそうな雰囲気を出していたので、わたしがずっと抱っこしていることにした。

この子を従魔にしてあげたい。できなくてもせめて名前くらいつけてあげたい。

なんとかできないかな……と思いながらのんびりと歩いていると、聞き覚えのある声が耳に入った。

「ええい！　いいから買え！　これがあれば貴様は長生きできる！」

「いや、ちょっと」

「分からんのか⁉　これの素晴らしさが！　この魔道具……ひいては魔法の素晴らしさが⁉」

「いや、だから……」

「話を聞け！　これがあれば何があっても問題はない！　それほどの強力な結界をだな⁉」

「もう勘弁《かんべん》してくださーい！」

そう言って走り去っていくのは冒険者だろうか。

「全く……愚《おろ》か者めが」

そして、えげつない押し売りをしようとしていたのは、プロフェッサーだった。

わたしは話しかけるべきか迷ったあとに、意を決してプロフェッサーに近付く。

「あの……プロフェッサー。何をやっているんですか？」

「む、サクヤか。実は今すぐに資金が必要になってな。魔道具を売らねばならなくなったのだ」

「結界魔法の魔道具が量産できたんですね」

「そうだ。だからわざわざ私自ら売ってやろうとしてるのだが、誰も買っていかん」

「……」

まぁ……あの売り方を見てしまうと、流石に誰も買わないだろうとは思う。

「という訳で手伝え」

「突然すぎませんか⁉」

「どうせ暇をしていたんだろう？　街の店を回っていたのであれば、手伝うくらい問題あるまい？」

「なんで知っているんですか。いやまぁ……別にいいですけど」

売り子をやったことはない。でもプロフェッサーよりはまともにできる気がする。

わたしが承諾《しょうだく》すると、彼はにやりとして手招きしてきた。

えっと、ここは広場の一角を露店スペースとして借りているようだ。

大きな横長の机を置き、その上にはプロフェッサーの店自慢の魔道具がこれでもかと並べられていた。

でも、限度ってあると思う。

机の上には全ての在庫でも並べているのか、一つを取ろうとしたら他の物が落ちてしまいそうなほどぎっちぎちなのだ。

「あの、なんでこんなに置いているんです？　しかもこれ、同じやつもまとめて並んでません？」

「当然だ。店にあるやつを全て持ってきたからな！」

「全部!?　そんなに持ってくる必要ないでしょう!?」

「だが、どれが売れるか分からないではないか」

「ならせめて同一の物は、後ろにある木箱とかに入れておきましょうよ！」

彼の後ろには無造作に空の木箱が転がっている。

「だが客はどれがいいか選びたいはずだと、助手が言っていたぞ？」

「それは販売する時に選んでもらえばいいじゃないですか!?」

「それもそうか……では任せる」

「え」

だからと言って全て任されてしまうのはちょっと。

とまぁ、そんな感じで手伝うことになったのだが……とりあえず、いっぱい並べてあったのを、同じ商品は一つまでにして並べ直していく。

すると結構スッキリして、十品くらいまでには減らせた。

そうして販売を再開すると、売れそうな雰囲気はあった。

下町の広場は人通りが多く、こちらを気にしてくれる人が多いのだ。

ただ、そんな人全てにプロフェッサーが声を荒らげて迫っていくので、すぐに逃げられてしまう。

「なんなのだあいつらは。気になるなら話を聞いていけばいいのに」

「だけどあんな勢いで迫られたら、わたしでも逃げたくなりますよ」

「……」

プロフェッサーはムスリとして、わたしを見てくる。

「なら、サクヤ。お前がやってみせろ。私は見ておく」

いきなり割り振られてしまった。でもまぁ……いいか。

とりあえず、呼び込みとかはせずに、適度にこっちを見てくる人に微笑んでいると、ウィンが念話で話しかけてくる。

『サクヤ。俺が魔法で集めてこようか?』

『魔法で集めるって?』

『風魔法でここに集まってくるようにしたら、人でいっぱいになること間違いなしだ』

『そんな強制的に集めたらダメだよ』

わたしは苦笑いをしながらウィンに返す。

でも、ウィンからはもっと過激な意見が出てくる。

『だが……サクヤに微笑まれたのにこちらに来ないなんて、目が腐《くさ》っているんじゃないのか？』

『別に用事があるだけだと思うよ。そんな言い方しないの』

『そうか。魔法使いに操られていると言いたいのだな？　よし、やはり一度集めて目を覚まさせてやろう。そうしたらサクヤの魅力《みりょく》に気付くはずだ』

『ウィン。絶対許さないからね。っていうか目を覚まさせるって何をする気なの』

やらせる気はないけど、ちょっとだけ興味はある。

ちょっとだけだからね？

『吠《ほ》えて脳に魔力を叩きつけて正常に戻すだけだ』

『やっぱり危なそうだからダメだよ……絶対』

脳に魔力を叩きつけるとか……なにそれ怖い。

『おかしくなっている時はこれが一番なんだがな』

『街の人はおかしくなってないからいらないよ』

そんなことを話しながらやっていると、一人の剣士らしき青年がやってきた。

「かわいいお嬢ちゃんが売り子なんだな。何を売っているんだ？」

「ここは魔道具を売っています。何か気になるのがあったら手に取ってみてください」

「魔道具か……そろそろ手を出してもいいかと思っていたんだが、おススメはあるのか？」

「おススメ……」

特にない。というか、大体の魔法……っていうのか、全部自分で使えるからね、わたし。だから別に魔道具とかいらないと思う。

でも、こういう時は自分目線ではない。相手目線で考えるのだ！

「お客さんはどんなお仕事をするんですか？　それに合わせたものがいいかと思います」

「仕事か。冒険者をやっているんだがな。最近Cランクに上がったんだ。それでもっと多くの魔物を討伐できるようになるといいんだが……」

「それなら……」

わたしが言いかけると、後ろからプロフェッサーが出てきた。

「それならこの〈炎の槍〉の魔法が入った魔道具がおススメだぞ！　威力は申し分ない！　そこらの魔物なら、ボタン一つで一発だ！　多く倒したいんだろう？　なら今すぐに買え！」

「あー、そ、そうだな。どうしようか……」

プロフェッサーの勢いに、また逃げられるのではと不安になる。

しかし、相手はCランク冒険者。意外にも、そこまで困っている様子はなかった。

「剣士なのだろう？　遠距離攻撃の手段に困っているのではないか？　この魔法なら、遠距離までいかずとも中距離は確実に届く。最初は狙いを定めるのは難しいかもしれないが、練習すれば箇単に使えるようになるだろう」

「ほうほう」

「そして、筒《つつ》状だから腰などにもしまっておきやすい。携帯性《けいたいせい》も抜群《ばつぐん》で売れ筋の魔道具だ。買って損はしないぞ？」

「では一つ貰おうか」

「よく言った！」

初めて販売が成立した。

プロフェッサーは後ろの木箱から〈炎の槍〉の魔道具を彼に差し出す。

「とりあえず、いくつかあるから握ってみろ。全てハンドメイドだから微妙《びみょう》に握り具合が違う。自分に合っていると思ったものを選べ」

「おお……ありがとう」

そう言って彼は何個か試したあと、そのうちの一つ気に入って、買って帰った。

「売れたな……」

「売れましたね……」

こんなあっさり売れていいのかと思っていると、プロフェッサーから爆弾発言が飛び出す。

「よし、この調子であと百個売るぞ」

「百個!?」

プロフェッサーには一度じっくりと、常識を学んでほしいと思った。

いくらなんでも百個は……と思いつつもできるだけ手伝っていく。

それから夕方になるまで売り続け、残った物を持ってプロフェッサーのお店に戻り、結果を話し合う。

結果としては、五個売れただけだった。

「五個……か」

「でも、これだけ高い物が五個も売れたんです。十分じゃないですか？」

「確かに、店でだって一日に三個売れれば十分だが……」

そう言って自分を納得させようとしているプロフェッサーは、どこか残念そうな様子だ。

「あの……どうして百個も売りたいんですか？」

「それだけ売らねば足りんのだ……」

そう言ってしょんぼりしているプロフェッサー。

理由はよく分からないけど、何か力になってあげられないだろうか。

販売方法……パッと思いつくのはネット通販だけど、この世界でそんなものできる訳がない。

それじゃあ、テレビでよくある実演販売は？　やっぱりテレビもないけど、実演販売自体はできるはずだ。元々デパートとかでもやってるしね。

「あの、プロフェッサー」

「ん？　どうした？」

「実演販売っていうのは、やってはいけないんでしょうか」

「実演販売……とはなんだ？」

わたしは実際に魔道具を客の前で使ってみせて、それを販売してはどうかと説明する。

すると、プロフェッサーの目の色が変わった。

「なるほど……そんな販売方式が……サクヤ。貴様は商会でも開いた方がいい。そっちの才があるぞ」

そう言って、早速店の出口へ向かう。

「私はこれから衛兵のところに行ってくる！　許可を貰ってくるからな！」

「あの！　ここの鍵《かぎ》は!?」

「私がいなければ勝手に閉まる！　明日の十一時に昨日の広場に来るんだぞ！　面倒ならここに泊まっていってもいい！」

そう言ってプロフェッサーは走り去ってしまう。

「行っちゃった……」

どうしよう……と思っていると、ウィンが話しかけてくる。

「面倒ならやめるか？　文句を言ってきたら俺がなんとかしよう」

「ウギャウ！」

「キュイ！」

ウィンの言葉に、ヴァイスと姿を現したエアホーンラビットも頷いてくれる。

でも、別にやることもないし、手伝うくらいはいいだろう。

「いいんじゃないかな、手伝っても。それに、わたしは結構楽しかったよ。次はヴァイスもお店の前に出てみる？　招き猫みたいな」

「ウギャウ？」

ボクも？　と不思議そうな顔をしているけれど、嫌そうではなかった。

「そ、ウィンも出る？　もちろん……エアホーンラビットは出たらダメかな」

「従魔証をつけていないからな」

「つけずに従魔にできる魔道具とかないのかな。今度聞いてみる」

「確かに、これだけ働かされたんだ。それができたら助かる」

「うん」

ということで、わたし達も宿に……。

「って、わたし達泊まれなくない!?　お金ないし……」

持っていた唯一の金貨は、わたしのポーズをした金塊になっている。

「ならここで寝させてもらったらどうだ？　奴も泊まっていいと言っていただろう？」

「明日仕事をするならいっかなぁ……？」

「仕事の前払いだと思えばいいだろう」

「そっか……それなら泊まらせてもらおう！」

ということで、わたし達は奥の部屋に入っていく。

「うわぁ……」

少し前にきれいにしたはずなのに、またしても汚くなってしまっている。なぜだ。

「掃除でもして待っていようか……」

「どうせいないのだ、俺がやろう」

そう言って、ウィンが魔法で片づけてくれた。

「それじゃあ……わたし達はどうしようか」

「なら、料理でも作って待っていてやったらどうだ？」

「りょ、料理？」

この異世界の料理も知らないし、材料も知らない。いつもリオンさんが作ってくれるし……

まぁ……鑑定である程度はなんとかなると思うけど……。

「美味しくなくても怒らない？　というか、材料って使っていいのかな」

「いいだろうさ。怒られたら給料から引けと言ってやる」

「それもそっか。最悪、ウィンに魔物を狩ってきてもらってそれを売ればお金は稼げるもんね」

「いつもそれをできると言って、やっていないがな」

「確かに」

結局ウィン達と離れたくないからそんなことになっている。でも、それはそれでいいような気もした。

わたしはキッチンに向かうと、鑑定を使いまくって、食材を調べて簡単な料理を作る。

といっても、難しいのは作れないので、切った食材を煮て味を整えたくらいだ。

いい感じでできあがった頃《ころ》に、プロフェッサーが帰ってきた。

「む……まだいたのか」

「はい。宿を取るためのお金がなかったので」

「なに？　前に渡した金貨はもう使ってしまったのか？　一枚で十万ゴルドもするものだぞ？　もしかして詐欺《さぎ》られたか？　どこで詐欺られた？　教えろ」

「あ、いえ……そういう訳ではないんですが……」

わたしは戸惑いながらも、ヴァイスが金魔法で作ってくれた金像を見せる。

「これになりました」

「なんだと!?」

「や、やっぱりダメでしたか？」

大事なお金をわたしの像にしてしまったのは許せないのだろうか？

「いや違う。普通、十万ゴルド硬貨には不変の魔法がかけられているんだ。だからこんな風に変形させることなどできない」

何やら別のことに驚いている様子だった。

「そ、そうなんですか。たまたまということも……」

「たまたまできるか!?　これはすごい。一体誰がこんなすごい魔法を……」

中々食事にできなそうだったけれど、ウィン達がプロフェッサーに無言で詰め寄って取りなしてくれた。

「な、なんだお前達」

「あの、ご飯にしましょう？　食材を勝手に使ってしまったんですけど、ダメでしたか？」

「……いや。構わん」

そう言って、彼はテーブルに座る。

「すぐにお持ちしますね！」

わたしはみんなの分を準備して、並べていく。

「それではいただきます！」

みんなで食事を食べ始めるけれど、悪くはない……んじゃないだろうか。

ちょっと不安になったので、食べているみんなを見るけれど、うちの子達はすごい勢いで食べている。エアホーンラビットだけは普通の野菜をかじっているけれど。

そしてプロフェッサーはゆっくりと、味わうように食べていた。

「どう……でしょうか？」

「ああ、美味い。お前は魔法だけでなく料理も上手いのだな」

「ありがとうございます」

プロフェッサーのしみじみとした感想に、ちょっとだけ驚いた。

少し静かな食事を堪能したあと、彼は勢いよく話し始める。

「それで先ほどの実演の話だがな？　衛兵に聞いてきたところ……」

明日の話をこれでもかとされたし、わたしも色々と聞いたりしておいた。

翌日。

わたしが目を覚ますと、プロフェッサーは机に向かって何かを作っていた。

「おはようございます……」

「……ああ。おはよう」

そう言って何かに向かっているけれど、何をしているんだろう。

でも、邪魔をするのはよくないと思い、許可を貰って朝食を作ることにした。

そのあとは一緒に食事を終えてのんびりしていると、扉を叩く音が聞こえる。

「プロフェッサー殿《どの》はいるか！」

「もうそんな時間か……」

そして、プロフェッサーが出ると、そこには衛兵が五人も立っていた。

「お迎えに上がりました」

「よし、ちょうどいい、手伝え」

彼らはプロフェッサーが実演販売の許可を貰った相手だ。

昨日聞いた話によると、許可を貰う代わりに、多少値段を融通《ゆうずう》して、彼らに魔道具を卸《おろ》すことになったらしい。

しかも、実演自体は安全のためも兼ねて、彼らが全部やってくれるそうだ。

そしてその五人の中には、昨日わたしのことを心配してくれた二人もいた。

「昨日はありがとうございました。今日はよろしくお願いします」

「こちらこそ」

「よろしくね」

ということで、荷物は彼らが持ってくれて、昨日と同じ広場まで行って準備を始める。

衛兵が五人もいて、なんだなんだと人が集まってきたところでプロフェッサーが声を張り上げた。

「これから、我が店の魔道具の実演販売を始める！」

「実演販売ってなんだ……？」

「いや……知らねぇ」

「この魔道具がどんな威力があるのか！　というものを見せるものになる！　気になる者は見ていくといい！」

プロフェッサーのお客さんへのあの圧力は、一人に対してとなると大変だけれど、大勢に向かって話すのであれば、意外とちょうどよかった。

それから、事前に決められていた通りに、衛兵達が魔道具を使って実演をしてみせる。

まずはリオンさんが〈炎の槍〉を込めた魔道具。昨日売れたものと同じものだ。

観客には離れてもらい、三メートル先に置いてある土の壁に向かって放ち、壊す予定だ。

ただ、最初に魔道具の攻撃を当てて壊れるのでは、疑われるかもしれない。

土の壁がいかに堅いか、それを知ってもらうために、攻撃したい人には自由に攻撃をしてもらうことにした。

流石に魔法などは使うことは許されないけど、剣で叩いたり拳で殴ったりする人はいた。

多くの人が壁の硬さを確認してから、いざ実演である。

――ドガァン！

「おお！　あの〈炎の槍〉！　簡単に壁を壊したぞ！」

リオンさんの〈炎の槍〉が入った魔道具は、みんなが驚くほどの威力を誇っていた。

何発か防いでくれるのかな？　と思っていたが、一発で土の壁を崩すほどの威力だったのだ。

「あの魔道具すごいな……射程はどれくらいあるんだ？　一つの魔石で何発撃てる？」

「それには私がお答えしよう！　射程はせいぜい二十メートルだな。それ以上は威力とスピードの減衰《げんすい》が始まり、四十メートルも行く頃にはほぼダメージはなくなっている。魔石は小魔石で五発と考えていいだろう。もちろん、魔石の質にもよるので確実にこうだとは明言はできんがな」

「では重さはどれくらいだ？　携帯性に優れていると聞いたが……」

「それは見た通りだ。そこまで大きくないし、重さも冒険者であれば気にならない程度だな。片手でも気軽に狙いをつけられる。お前、持ってみろ」

そう言ってプロフェッサーは、近くにいた小柄な女性の魔法使いに〈炎の槍〉の魔道具を投げて渡す。

女性は驚きながら受け取ったけれど、その軽さに驚いたのか色々と振り回している。

「うん！　これならあたしでも簡単に持てるよ！」

「という訳だ。ただし、小魔石がある限り無限に撃てるという訳ではなく、魔石に定着した魔法が消えるとその効力を失うので、定期的に……」

等々、観客の疑問は尽きないのか、それともプロフェッサーが説明をいっぱいしたいのか分からないが、実演は続いていく。

そして、忙《いそが》しいのはわたしにも飛び火する。

「お嬢ちゃん。あの魔道具はここで買えばいいのか？」

「はい。そうですよ」

「ウギャゥ！」

わたしとヴァイスが返事をする。

ヴァイスは本当に招き猫よろしく机の上でお客さんを待っていた。しかもポーズはできるだけ本物の招き猫ポーズ。

「では一つくれ」

辛くない範囲でやってみてとお願いしたら、やってくれたのだ、かわいい。

「はい。ありがとうございます」

……という感じでやっていたんだけれど、気が付くと長蛇《ちょうだ》の列ができていた。

「やばい！　多すぎて手が！」

「大変そうだね。俺達も手伝おうか？」

「あ！　昨日の衛兵さん。いいんですか？」

「うん。人をさばくのは仕事で慣れてるし、君を一人にはしておけないよ」

「大人が助けるのが当然だ。俺達に全部任せてもいいんだぞ」

ということで、昨日出会った二人の衛兵さんが手伝ってくれることになった。

彼らの手伝いもあり、どんどん魔道具がさばけていく。残りの数が少なくなったので、プロフェッサーに声をかける。

「プロフェッサー！　次の魔道具の紹介をお願いします！」

「む。もうそんなに出たのか。では次は〈結界〉の魔道具だ」

彼がそう言うと、周囲が今まで以上にどよめく。

「〈結界〉の魔道具⁉　そんなものがこの下町に出回るのか⁉」

「嘘でしょう⁉　王都でも滅多に出回らないのに⁉」

「しかも大半が貴族が買い占めるだろう？　それをこんなところで⁉」

多くの冒険者達が驚くのを見て、やっぱり結界魔法って珍しいんだと他人事のように思ってしまう。

プロフェッサーは実演を開始する。

今度は土の壁の代わりに、〈結界〉の魔道具に〈炎の槍〉を当てるというものだ。

〈炎の槍〉がいかにすごいか、さっき知った観客達は本当に大丈夫かとざわついている。

「おいおい、あの〈炎の槍〉を……？」

「流石に結界魔法でも厳しいと思うが……」

「では始める！」

そして、あの赤いとんがり帽子を被った兵士が帽子を抑え込み、〈結界〉を発動させる。

そこに〈炎の槍〉の魔道具を向けるもう一人の衛兵さん。

「い、行くぞ」

「お、おう」

心なしか、二人とも緊張しているようだ。

そして少しの間があり、〈炎の槍〉が射出された。

――パシュン。

しかし、〈結界〉には傷一つつくことなく、〈炎の槍〉は消え去った。

「す、すげぇ……あれ、さっき土の壁を壊していた奴だよな？」

「持っているもの同じ奴だろ？　ならやっぱりそこまで防げるのか？」

「で、でも何発防げるんだ？　一発だけだとしたら……」

そう観客達の言葉に答えるようにして、プロフェッサーは声をあげる。

「この〈結界〉は〈炎の槍〉を五発耐えるように調整されている！　なのでそれくらいの耐久力だとしっかりと理解してほしい。ただし！」

「ただし？」

「この魔道具はケンリスの街から二十キロメートル以内でしか使えないようにしてある。それでもいいという者は購入せよ」

「……」

なんでそんな制限つけるんだろう。

のんきに考えていたら、多くの人が一斉にわたしの方に突撃してきた。

「わぁ」

「俺にもくれ！　今の〈結界〉の魔道具！」

「あたしも！　いざという時に絶対役に立つ！」

「こっちもだ！　頼む！　売ってくれ！」

多くの人達が殺到し、〈結界〉の魔道具はすぐに完売した。


「いやぁ……売れましたね……」

「だな……ほぼ全てが売り切れるとは思わなかった」

実演販売を終えたわたし達は、衛兵さんとそんな会話をしつつ、少し呆然《ぼうぜん》としていた。

昼のちょっと前から売っていたのだけれど、気付いたら夕方だ。

わたしが疲れてウィンの上でぐったりとしていていたら、実演をしていた兵士さん達が片づけを始めていた。

彼らの姿を見て、わたしはウィンの上で起き上がる。

「あ、すみません！」

「いえ、お気になさらず。ゆっくり休んでいてください」

「俺達と同じようにやる必要なんてない。むしろ休んでいろ。やっておくからな」

「でも……」

わたしが食い下がると、衛兵さん達は笑いかけてくれる。

「いいから、今日は頑張っててびっくりしちゃったよ。すごいね」

「そうだぞ。むしろ働きすぎなくらいだ。いいから休め」

「ありがとうございます……」

そうは言いつつも、わたしもちゃんとやらないと。

ウィンの上から降りようとすると……なんか壁があって出られなかった。

『ウィン⁉　これウィンの仕業？』

『そうだぞ。兵士にも言われていただろう。休め』

『でも……』

『心配ない。サクヤが休んで元気になるのが、兵士達にとっても嬉しいことだろうしな』

『……ありがとう』

そこまで言われてしまったらもう待つしかない。

なので、今日頑張ってくれたヴァイスをこれでもかと撫でまわす。エアホーンラビットは衛兵さんがいるということで、透明になっているけれど……今は角でわき腹をつんつんしてくるので大分ストレスが溜まっているっぽい。

でも、仕事中は大人しく待ってくれていたし、今は早く帰ろう、と言いたいだけかもしれない。

というか、つんつんしてくるのが痛いじゃなくてくすぐったいのも、ちょっと楽しい。

「ふふ、もう……くすぐったい」

「キュイ」

わたしにしか聞こえないくらいの小さな声で鳴いた。

その声がかわいくて、今夜はめいっぱいモフってあげようと思う。

それからすぐに片づけは終わったので、プロフェッサーがわたしの元に来る。

「待たせたな」

「いえ、結構楽しかったです」

わたしの手の中には撫でまわしすぎてぐったりとしたヴァイスがいる。

「報酬についてだが……その……今も近くに……いるのか？」

「……います」

エアホーンラビットのことだろう。

昨日、エアホーンラビットを従魔にする方法はないか聞いていたのだ。

彼はわたしが魔力が多いということに気付いているみたいだったので、話しても問題ないと判断したのだ。

「昨日色々と考えてみたが、どうしても必要なものがある」

「必要なもの？　なんですか？」

「お前がそいつを従魔にするために必要なものだ」

「そんなものがあるんですか⁉」

心の底から驚いてしまう。一体どこに？

驚くわたしとは対照的に、彼は淡々《たんたん》と話す。

「ある。だが、それはこの辺りにはあるが、入手は難しい」

「あの……なんという物なんでしょう？」

「霊珠《れいじゅ》と言ってな。透き通るように透明な球《たま》だ。これは魔力を吸収して、過剰《かじょう》になった分を外に排《はい》出《しゅつ》できるんだ」

「そんなものが……」

「ああ。だから、それがあれば私が加工して、そいつを従魔にしてやれるようになるだろう」

わたしは自分の顔が笑顔になっていくのが分かった。

「本当ですか⁉　やった！」

「ただし、問題もある」

「問題？」

「そのへんの素材とは桁《けた》が違うほどに高価で、滅多に市場に出回らない。この辺りだと領主しか持っていない」

「領主は持っているんですね」

なんだ近くにあるじゃんと思うけれど、流石にそれを貰うことはできないだろう。

「転移陣があるからな。それに魔力を溜めるために使っているはずだ」

「なるほど」

「だからそれは貰えないな。ただ、今度王都に行くと言っていただろう？　その時に私も同行して、霊珠の獲得に力を貸そう」

「え……でもそんなに……」

「構わん。これだけ手伝ってくれたからな」

「そんなことないです。わたしの方こそとても楽しかったですから」

わたしがそう言うと、彼は見つめ返してくる。

「それでお前、今夜は……」

と、途中まで言ったところで声が聞こえてきた。

「サクヤちゃーん！」

「リオンさん？」

なんでこんなところに？　と思って声がする方を見れば、リオンさんはかなり焦った表情をしていて、汗もすごかった。全力で走ってきたのが分かる。

「どうかしたんですか？」

「ごめんね……本当に……昨日……色々としてくれたのに……何も考えずに帰っちゃって……」

「なんの話ですか？」

わたしが訳が分からずに聞くと、彼はとても申し訳なさそうに答える。

「昨日の話だよ。その……城下町の方で色々やらないとって焦って、サクヤちゃんの宿とか考えずに別れちゃったから……でも、安心して、今日はもう宿を取ってあるから、一緒に行こう」

「え？　でも昨日プロフェッサーのところに泊めてもらったから今日も……」

わたしがそう言って彼の方を見ると、彼は背を向けて歩き出すところだった。

「私はこれで研究資金を稼げたからな。もう売る物はない。しかもこれから研究があるんだ。好きにしろ」

「え……でも……」

「気が向いたら飯でも作りに来い」

突き放すような言い方だったけれど、リオンさんの厚意を無碍にしないように、そう言ってくれたのかもしれない。

「はい！　また行きますね！」

「あ、プロフェッサーと一緒にいたんですか!?　ありがとうございます！」

リオンさんは余程焦っていたのか、プロフェッサーには気付いていなかった。でも、すぐに感謝をする。

プロフェッサーは片手を上げて去っていく。彼の側には、衛兵達が最後まで付き添ってくれているらしい。

わたし達はそれから宿に帰って、ひたすらにエアホーンラビットを撫でまわしたのだった。

◇◆◇◆◇

「あ、プロフェッサーと一緒にいたんですか⁉　ありがとうございます！」

そう言って私に頭を下げてくるリオンを背に、衛兵を連れて店へと戻っていく。

その道すがら、昨日今日と、サクヤと過ごした時間のことを思い出す。

「それにしてもまさか……あんなにあった在庫が全てはけるとは……」

私は自分が作った魔道具には自信を持っている。

魔道具の作り方は師匠《ししょう》から細部に至るまで継承《けいしょう》し、作ってきたつもりだ。

でも、商売とは技術だけで成り立つものではない。いいものを作り、それを売る者がいて、買ってくれる客がいて、初めて商売になるのだ。

私は売るのが得意ではないが……サクヤは商品を売るための最高のアイディアをくれた。しかも、自身で売り子までやってくれたのだ。

前からそうだが、彼女は人を助けるのに躊躇《ちゅうちょ》がない。

またすぐに誰かを助けるだろうし、下手をすれば今日、いや、今もうすでに誰かを助けようとしていてもおかしくない。

「しかし……あの料理がこんなすぐに恋しくなるとはな」

ふと、昨日の料理を思い出す。

なんだか不思議な味だった。使っている食材はいつもと同じはずなのに、妙な深みがあったのだ。食べていて、とても落ち着く味だ。また食べたいが……次はいつ来るだろうか。

「……それよりも、今はやることがあるか」

サクヤがあそこまでしてくれたのだ。報酬として渡すのが金だけでは芸がない。

私が作れる最高の魔道具を渡してやるべきだろう。

しかも、本人が言っていたエアホーンラビットの特異体を従魔にできるようなものを。

一応、彼女に話した霊珠以外の素材であれば、手持ちにある。

まあ、今日の売上よりも遥かに高額になるのだが……でも、これは報酬として贈《おく》るべきだと思った。そうでもしなければ、プロフェッサーとしての名が廃《すた》る。

「プロフェッサーはサクヤとどういった関係なのですか？」

一人で考えていると、衛兵の一人が話しかけてきた。厳格であまり融通がきかなそうだが、性格は真っすぐそうだ。

「特にどうといった関係ではない。クロノとリオンが私の店に来た時に、ついてきていただけだ」

彼らは街を守ってくれる衛兵だが、サクヤの才能や異常な魔力量について、正直に全て言う訳にはいかない。

今日一日こいつらを見て、悪い奴らではないと感じたが、上官からサクヤについて知っていることを話せと言われれば、正直に話してしまうだろう。

彼女が結界魔法を使えることは胸の内に留めておく。彼女を守るために。

「そうですか。かなり親しいようでしたので」

「そう言うお前もサクヤのことを気にするのだな？　衛兵として行きすぎていないか？」

私がそう言うと、彼は少し驚いた表情を浮かべる。

「そう……でありましょうか……いえ、そうかもしれません。昨日もあんなかわいい幼子が一人でダンケルの森から出てきて、少し気になっていたように思います」

「ほう。一人で？」

「はい。もちろん従魔を連れていましたし、自分の意思だとは言っていましたが、危険すぎます」

「それはそうだな……私の方からも、次に会った時に言っておこう」

一人でダンケルの森などとは……。

いくらあの従魔達が言うことをよく聞いて、優秀だからといっても限度がある。

「よろしくお願いします。我々としてもとても心配ですから」

「ああ、それでいい。あとは冒険者が早く森を元に戻すのを祈るだけだな」

「……よろしいのですか？」

「何がだ？」

私は衛兵の言っている意味が分からず聞き返す。

「今日来ていた者達は多くが外に出られない、もしくは出るのを見合わせていた冒険者です。あの魔道具のおかげで外に出られるようになったら、街に戻ってこないかもしれませんよ」

それは、命を落とすかもしれないということと、自信をつけて他の街に行くかもしれないということだろう。だが……

「そんなことはない。私が売った魔道具はこの街で一番だ、あれを使っていれば、この辺りで命を落とすことはない。それに魔道具に魔法を込めた者達も、この国一番といってもいいだろう。だから外に出て、一度でも私の魔道具を使えば、もう私の魔道具なしでは冒険できない体になってしまうさ」

「ははは、それは怖い」

「何がだ？　道具など使ったらなんでもそうだろうが。火打石だろうが、槍だろうが、人は道具を使いこなすことで進歩してきたのだ。魔道具だって変わらんよ」

私はそう言いつつ思う。それで人が傷つかぬならいいのだ。この街がなくなっては困るからな。

「さあ、早く戻って片づけをするぞ。私は研究で忙しいんだ」

「はい」

私は、そうして家に帰り着いた。

◇　◆　◇　◆　◇　名もなきCランク冒険者、剣士の場合

「クソ！　うぜぇ！　近付けたら瞬殺なのに！」

俺は今、ダンケルの森に入って魔物と戦っていた。

相手はスローモンキー。地上での動きは遅いが、木の上から色々投げてくる鬱陶《うっとう》しい奴だ。

今も近くにあった果実を投げたり、時折地上すれすれまで降りてきて、石を投げつけたりしてくる。

俺の仲間が魔法で攻撃しようとすると、詠唱を邪魔するように物を投げてくるし、仲間を守ろうとすると攻撃が来なくなるから逃げる。

なんとも厄介《やっかい》な奴だ。

「クソ……こんな時、もう一人遠距離攻撃をできる仲間がいれば……」

仲間の言葉を聞いて、昨日買った魔道具のことを思い出す。

「俺に……任せてくれないか？」

「何か方法があるのか？」

「ああ、一応」

俺は奴が逃げないギリギリまで近付き、次の瞬間走り出す。

「ウギィ!?」

そして、奴が背を向けて移動し出した途端、俺は腰につけていた魔道具を奴に向けて放つ。

――シュパッ！

「ウギィ!?」

〈炎の槍〉の魔道具は正常に機能し、奴を貫く。

奴は地面に落ちて、そのまま動かなくなった。

「やった……」

「すごいじゃないか！　一体いつの間に準備してたんだ？」

「いや……昨日かわいい子が店番をしている魔道具店の出店があってな……。そこで買ったんだ」

「かわいい子……？　そんな店あるのか？」

「広場でやってたから……詳しいことはしらん」

「そうか。今度俺達も案内してくれ。そんないい性能をした魔道具なら、興味がある」

「もちろんだ」

俺達は依頼を達成して、ケンリスの街に戻った。

◇◆◇◆◇　とあるDランク冒険者、魔法使いの場合

「いいから逃げろ！」

「逃げろって言っても！　あたし魔法使いなのよ!?　そんな早く走れない！」

あたしは今、オーガに追われていた。

オーガはCランクの魔物で、パワーは強いけれど足が遅い。

だから普通逃げられるのだけれど、あたしは体力に自信がなかった。

「もう……ダメ。追いつかれる……」

あたしは足から崩れ落ちて、地面に転がった。

「おい！　立て！　早く！」

「ダメ……もう……あ。でも……これなら……ちょっと見てて！」

あたしは追いかけてくるオーガがこん棒を振りかぶるのを見て、ちょっとダサい赤いとんがり帽子をぎゅっと深く被る。

ガキン！

その直後、あたしの目の前に半透明な板が出てきて、それがオーガの攻撃を弾く。

「!?」

オーガは何が起こっているのか分かっていない様子で、攻撃を何度も繰り返す。

「みんな！　今のうちに攻撃して！」

「お、おう！」

それから、あたしが囮《おとり》になっている間にみんなが攻撃をして、なんとかオーガを倒せた。

「おいおい、なんだよそれ、伝説の魔道具だったりしないだろうな？」

「ううん。昨日街で買った〈結界〉の魔道具なんだけど……どんだけ堅いのこれ？」

「街で買ったのかよ……今度俺も欲しいわ」

「うん。見た目はこの帽子とは別のものにできるみたいだから、みんなで相談しに行きましょう。

それにしてもこれ……もう手放せないわ」

近付かれたら終わりの魔法使いにとって、これは必需品《ひつじゅひん》になる。そう思うとこれを笑顔で売ってくれたあの可愛らしい女の子に感謝するしかなくなった。

「あ、でも、かわいい子がいないとちょっと近付きにくいかもね」

「なんだそれは」

そう言っていた彼は、その意味を数日後に理解することになった。

第5話

スパイの人と会う日。

わたしはクロノさんとリオンさんと、朝から作戦会議をしていた。

場所は宿のわたしの部屋で、ウィンは起きているけれど、ヴァイスとエアホーンラビットは未だに眠りについたままだ。

「ではサクヤ。一応おれ達が調べたことを話しておく」

「よろしくお願いします！」

手伝うと言った手前、ちゃんと話を聞かねば。

気合いを入れる私を見て、クロノさんはクスリと笑う。

「サクヤ。難しい話はないから、のんびり聞いてくれて構わない。サクヤにやってほしいことがある訳ではないからな」

「そうなんですか？」

「ああ。ウィン様も行くと確実に目立ってしまうからな」

「なるほど」

城下町はほとんど回っていないけれど、一回行った時にはすごく見られていた。ちょっと回りたい気持ちは……なかったんだけど、クロノさん達の力になれるなら行ってもいいかもしれない。

「ウィンを連れていかずに行ったらダメですか？」

「ダメだ」

「ダメだ」

「ダメだ」

起きている二人と一体から同時に言われてしまう。

「で、でも、わたし一人なら襲われるようなこともないと思うんですけど……」

「子供が城下街をうろうろするなんておかしいからな。治安は確かにいいが……お前は自分の容姿を分かっていない」

「捕まって売られるのがオチだから一緒にいるべき」

「分ったら大人しく俺の上にいろ」

ここまで言われてしまうと意地でも行きたくなる。でも、今は話を進めるのが先か。

「……それで、なんの話なんですか？」

「ああ、そうだった。まずは領主の側近で、パルマ村のスパイだと思われる人間は三人だな。この三人以外は、古くからこの街にいる領主の血縁者か、遠くの町の貴族ばかりだから、今から挙げる三人の誰かがパルマ村の関係者だ」

そう言って、リオンさんは説明してくれる。

「まず一人目はレイヴァール。彼は親の代から領主に仕えている筆頭書記官で、領主の娘と婚約《こんやく》が進んでいるとかいないとか。領主の命令も忠実にこなす、まさに領主の右腕だな。正直、領主を裏切る理由が見つからないね。仕事ができて、領主の一族に迎え入れられる。サクヤの話がなかったら、疑いもしなかったよ」

確かに話を聞くとそうかもしれない。

リオンさんは続ける。

「で、次がブラーム。こいつは、どこから来たとも分からない占い師なんだ」

「占い師？」

「そう。かれこれ二十年は領主に仕えて、あることないこと吹き込んでいるらしい。でも領主とは蜜月《みつげつ》の関係だから、裏切るっていう感じは正直しない」

「なるほど」

そして最後の一人が……

「イヴザック。彼はこの街一番の商会の長《おさ》で、かなり黒いことをやってきたと噂の人だね。その度に領主に賄賂《わいろ》を贈っているから仲はいいんだろうけど……もしかするとこの関係性が面倒になって、追い落とそうとしてるかもしれない」

なるほど……誰がこちらの味方なのか、全く分からないな。

「それで、お二人はこれからどうするんですか？」

「おれ達は手分けして、それぞれの奴らを洗う」

「洗う？」

「ああ、おれはこの占い師ブラームを、そして、リオンがイヴザックを洗う」

「レイヴァールさんの調査をやらない理由というのは……」

「こいつは基本的に、政務で宮殿から出てこない。だから調べようにも調べられないんだ」

「え？　宮殿？」

王様がいるわけじゃないよね？　領主がいるのってお城じゃないの？

「ああ、サクヤには説明していなかったか。ケンリスは二百年くらい前にファリラス王国に組み込まれたんだが、その時に『ここは宮殿だ』と強固に主張されてしまってな。それを受け入れた名残《なごり》で、領主が執務を行《おこな》っている場所を宮殿と呼んでいるんだ。街の人もすっかり慣れているから、無理に変えさせるのもな……」

そう言うクロノさんはやや苦い顔だ。まあ、宮殿といえば王様の住んでる場所だし、王子である彼にしてみれば、自分達の王家に所縁《ゆかり》のない場所が宮殿と呼ばれていたら複雑だろう。

ともかく、レイヴァールさんは領主のお手伝いをしているのなら、宮殿にこもっていてもおかしくない。

でも、それなら……。

「占い師の人は出てくるんですか？　この人もずっと宮殿にいそうですけど」

「こいつは結構街に出てきていると噂だな。あくまで噂だが、調べておいて損はない」

「僕の方もそうだね。商会長だから時々しか宮殿に行かないし。それに、この人が一番会いやすそうだからね」

「確かに……」

ということで、二人は早速調査に向かうようだ。

「サクヤ。いいか？　絶対にウィン様の側を離れるんじゃないぞ？」

「サクヤちゃん？　本当にこれだけは絶対に守ってね？　約束だよ？」

ものすごく強く念を押されて、わたしは頷くしかなかった。

二人が出ていくと、ウィンが口を開く。

「それで、これからどうする？」

「城下町に行こうかな……って」

「……」

ウィンが説明を求めるようにじっと見てくる。

「と、とりあえず、わたしも考えたんだけど、やっぱり城下町を調べるっていうのは大事な気がするんだよね」

「それで？」

「だから、わたし一人で……」

わたしが言っていると、ウィンがわたしを毛皮の中にしまった。

……毛皮の中にしまった!?

「ど、どうなってるの……」

「魔力で毛を操作して、サクヤを包んでいるだけだ」

「そんなことできるんだ……」

「サクヤが無茶をしないためだ」

でも、これはわたしも説得せねば。

「待ってウィン。ウィンを連れていかないけど、姿を消してついてきてほしいの。ウィンとは離れたくないから……それでならできない？　念話で会話もできるし、危ない人にはついていかないから」

そう言うと、ウィンは嬉しそうに毛をモサモサする。

「ふむ……ではそれに加えて、俺の風魔法の防御を張ってもいいならいいぞ」

「分かった。それをするから城下町に行こう？」

「いいだろう。でもヴァイスとエアホーンラビットはどうする？」

「ヴァイスは……ウィンの方にいて一緒に隠れてもらおうかな。エアホーンラビットは透明になれるから、わたしが連れてってもいいと思う」

「分かった」

ということで、わたし達も城下町に行くことになった！

「だ、大丈夫だよね……」

わたしはおそるおそる、城下町の門をくぐる。

『ウィン、いるよね？』

『すぐ近くにいる。だから心配するな』

『うん。ありがとう』

いつもウィンの上に乗って移動していたから、頭の位置とか高かったんだけど……今は道行く人の頭が高く感じる。

見下ろされているようで、不安でたまらなくなってしまう。

「キュイ」

「……ありがとう」

でも、わたしの肩に透明になって乗っているエアホーンラビットが、自分がいると教えてくれた。

小さく、わたしの耳元でしか聞こえない声だけど、その声は力になるには十分だった。

時折モフモフが頬に当たるのもいい感じだ。

「よし……」

それからわたしは適当に歩き出すけれど、かなり多くの人に見つめられる。

その瞳《ひとみ》は敵意なんかではないようだけど……それでも注目を集めるのは緊張する。

「……いや、堂々としよう。おどおどしてたらきっと怪しい奴と思われるはず」

日本でもそうだった。

おどおどしながら周囲を見ていたら、なんだあいつと思われるけれど、堂々としていれば問題ないはずだ！

わたしは堂々と前を向き、歩き出す。

『だれか……きて……』

「ん？」

わたしはどこからともなく聞こえてきた声に、周囲を見回す。

すると――

「お嬢ちゃん。一人？　親御《おやご》さんはどこにいるのかな？　城下町とはいえ、かわいい子が一人はやっぱり危ないよ」

そう声を掛けてきたのは、仕立てのいい服を着たダンディなおじ様だった。

「あ、いえ……その……お使いです」

「お使い？　どこの店だい？」

「あ……と、よく……分からないんですけど……」

「ふむ、衛兵を呼んでこようか」

「いえ、大丈夫です！　本当にすぐそこなんで！　パパッと買ってササッと帰るんで！」

なんか擬音《ぎおん》で誤魔化しまくったけど、我ながらすごく怪しい。

「そ、そうかい？　それならいいけど……気を付けるんだよ？　裏路地は危ないから入ってはいけないよ」

おじ様はそう言って、にこやかに手を振って去っていく。

「分かりました。ありがとうございます」

わたしは彼の背中にお礼を告げ、歩いて街を見て回るのだけれど……行く先々で声をかけられた。

彼らはみんな、わたしの心配してくれているから余計に申し訳なく感じる。

『大分人気ではないか』

『うぅ……だけど情報収集とかできるような雰囲気じゃないよ……めちゃくちゃ人目を引いちゃう』

『なら、適当に誰かの後をついて歩けばいいんじゃないのか？』

『適当にってそんな都合のいい人いないよ……』

知り合いがこんな場所にいる訳でもない。

わたしがそう思って歩いていると、またしても声をかけられる。

「おい。小娘。貴様一人か？」

「え？　あ……は、はい」

わたしは思わず後ずさりをする。

声の感じはとても若く、二十代前半くらいだと思う。だけれど、真っ黒な外套《がいとう》のフードを深く被っていて、怪しさ満点だ。しかもその下に着ている服は思いっきり仕立てのいいもので、貴族だと言われても不思議には思わない。

「なぜ後ずさる？」

「いえ……ちゅうに……いえ、なんでもないです。ただ真っ黒だなぁと」

中二病ですかと問いかけそうになった自分を止めたことを褒《ほ》めてほしい。

「仕方ないだろう。そういう仕事なんだからな。それで貴様は一人か？」

「あ、はい。お使いでちょっと……」

「こんな小さな子を一人にするとは……しょうがない。自分が案内してやろう。どこに行く？」

「あ、いえ、わたしは大丈夫ですので、あなたこそ自分のことをしてください」

こんな感じで来られては困ってしまう。

だからなんとか離れてほしいと思っているんだけど……。

「そうはいかん。それに、自分の方も連れが迷子になってしまってな。困っていたのだ。見つかるまで共にいよう」

「連れの方は小さい子なんですか？」

だったらわたしもその子を探すのを手伝った方がいいかもしれない。

「いや、自分の部下なんだがな、五人もまとめて迷子になってしまったのだ」

「……」

それ、あなたが迷子になったのでは……？

そう言いそうになったけれど、話し方からして貴族っぽい。

不用意なことは言わない方が賢明な気がする。

「そ、そうですか……。でも、わたしは大丈夫なので……」

「貴様がよくても自分がよくない。いいから行くぞ」

「……」

しょうがない。

こうなったら一緒に……あ、でも、案内するって言って、わたしも道に迷ったふりをすれば、色んな所を見て回っても怒られないかも。

むしろ、大人を連れていることで、変に注目を集めないかもしれない。

「それでは……あなたのことはなんと呼べばいいんですか？」

わたしは歩き出し、せっかくなので聞くことにした。

ずっとあなたではおかしいだろうし。

「自分はレイヴァールとでも呼んでくれ」

「分かりました。レイヴァールさん」

ん……？　レイヴァール……？

「それで、貴様はなんと呼べばいい」

「あ、わたしはサクヤといいます」

「そうか。サクヤか。これからよろしく頼むな」

レイヴァールさんってもしかして、さっき聞いたばかりの領主の……？

いや、でも名前がたまたま同じだけかも？

かといって本人にそれをいきなり聞くなんていうのは、明らかに怪しまれるだろう。

ならどうするのか。

「あ、簡単じゃん……」

「どうかしたか？」

「いえ、ナンデモナイデス」

「そうか？」

「はい」

思わず口に出てしまったけれど、わたしには鑑定がある。

これでレイヴァールさんの称号を見れば……。

わたしはバレないようにレイヴァールさんの足元を見つめて、ステータスを確認する。

《名前》　レイヴァール・ルイスタット
《種族》　人間
《年齢》　２３
《レベル》　４７
《状態》　健康
《体力》　７５４　《魔力》　４２９
《力》　３１１　《器用さ》　３４３　《素早さ》　４８５
《スキル》　短剣術　演技　観察眼
《称号》

「え？　つよ」

「何がだ？」

「え？　レイ……レインボーってきれいだと思いません？」

あぶない、思わず全部言っちゃうところだった。

「どうした突然」

「いえ、なんか……今……空にレインボーがあったような……」

「サクヤは俯いていなかったか？」

やばい。

レイヴァールなんて誤魔化しが利きにくい名前をしているのが悪いんだ。もっとやりやすい感じにしてくれればよかったのに。クロノさんなら黒って言葉を使っておけばわりと簡単に誤魔化せるんだから。

なんてくだらないことを思いながら、なんとか話を逸らす。

「いえ、そんなことは、あ！　あれってなんですか⁉」

「ん？　ああ、あれはな……」

とやや強引だったけれど、レイヴァールさんはわたしの疑問に答えてくれる。

ああもう、少し考える時間が欲しい。

というか、この人は何者なんだろうか？　確かに名前はレイヴァールだ。でも、称号の欄には筆頭書記官がない。

筆頭書記官はあくまで官職だから称号として認められないのか、それとも、彼は別人なのか。

それにレベルも多分、普通の人より強いはず。普通の人なんて鑑定したことないけど……。

そうだ、今やるか。

わたしは近くを歩いていた普通の人を鑑定する。

《名前》　モブン
《種族》　人間
《年齢》　37
《レベル》　12
《状態》　健康
《体力》　128　《魔力》　43
《力》　77　《器用さ》　43　《素早さ》　39
《スキル》　見極め（肉）
《称号》　肉の伝道師

肉の伝道師!?　なにその称号!?　なんかすごいのが出てきたんだけど!?

やめてよ。レイヴァールさんを調べようと思っているのに気になってしまう。ただまぁ……肉の伝道師でもレベルは十二だし、レイヴァールさんはレベルが高い方なはず。

クロノさんには及ばないけれど、かなり強いことには変わりない。

称号に冒険者とかないから、そういった職業ではないんだろうけど……

よし、わたしの話術で彼を本物のレイヴァールさんか聞き出していこう。

もちろん、バレないように慎重《しんちょう》に……だ。

「あの、レイヴァールさんって貴族なんですか？」

「どうしてだ？」

「とってもいい仕立ての服を着ているので、ちょっと気になってしまって」

「いや、自分は貴族ではない……な」

「そうなんですか？」

「貴族だと何かあるのか？」

彼はフードを少しずらし、真っ赤な瞳でじっと見つめてくる。

「貴族様ってすごい所に住んでいるじゃないですか。ケンリスの宮殿とか、すごいなぁと気になっているんです」

「ああ……確かに、貴様くらい小さい者であれば気になることはあるか」

「はい」

よし！　なんとか怪しまれずに乗りきった！

でも、貴族じゃないのか。ならなんで苗字《みょうじ》があるんだろう？　基本的には貴族しか苗字はないって聞いてるけど。それに、何か含みがありそうだったんだよね……。

「ケンリスの宮殿は確かに煌びやかで、憧れるのも分かる。だが、お前は来ない方がいいな」

「どうしてですか？」

「メイドとして貴族に連れていかれるかもしれんからな……それこそ誘拐《ゆうかい》のように。気を付けろ」

「え、そんなことがあるんですか？」

「悪い貴族は、な？　金を兵士に握らせて……どうだったか」

誘拐の上に賄賂ってやばい。

「それは……領主様はなんとかしないのですか？」

「領主様も頭を悩ませていてな。取り締まろうとはしているのだが……中々難しいこともあるのだ」

うーん。これは……領主の悪評が立たないようにしてるのかな？　それとも、本当に気を付けろって本心で言ってくれている？　どっちだろう？

もうちょっと聞いてみようかな。

「レイヴァールさんはどんなお仕事をしているんですか？」

「自分はこの街のために働いている」

「この街のため？」

「そうだ。サクヤが今安全にいられるのも、自分のお陰と思ってもいいんだぞ？」

『それは俺のお陰だ』

『ボクもボクも！』

ウィンとヴァイスがここぞとばかりに主張してくる。

かわいいと思って苦笑してしまった。

「何か変なことを言ったか？」

「いえ、そういう訳ではありません。ありがとうございます」

「気にするな」

「それで……」

「サクヤ」

「はい」

「貴様、一体どこを目指しているんだ？　自分に話しかけるばかりで、どこか目指しているようには見えないんだが……」

「……」

やばい。

やっぱり……わたしでは情報収集は難しかったのだろうか。でも、こんな時にウィンが助けてくれた。

『サクヤ。俺が言う通りに進め……あっちだ』

『分かった』

私はウィンに感謝しつつ、示された方に向かう。

「こっちです！」

「あ、走る必要はない！」

わたしはウィンの言う通りに走っていく。すると、想定外の人がいた。

「先生……」

そう、そこにいたのは先生だった。

「あれ？　サクヤちゃんと……これはこれは筆頭書記官殿。こんな所で何をしてらっしゃるので？」

彼はじっと目を細めてレイヴァールさんに言う。

あ……やっぱりレイヴァールさんは筆頭書記官だったんだ……。

レイヴァールさんはレイヴァールさんで、表情を変えずに答えた。

「部下を探すついでに、この娘を保護してやっていただけだ。貴殿が気にすることではない」

「じゃあサクヤちゃんはボクが預かっていくよ。彼女とは浅からぬ縁があるからね」

先生はわたしの事情を知らないからか、そう言ってくれる。

彼にしてみれば、悪い領主の右腕からわたしを助け出そうとしてくれているのだろう。

それはそれで嬉しいんだけれど、ちょっと今はそっとしておいてくれないかな。

どうしようかと思っていると、レイヴァールさんからまさかの言葉が出てきた。

「それには及ばない。自分が彼女を案内しているのでな。貴殿は大人しく外で魔物でも追いかけているといい」

ええ!?　なんで!?　なんでなんでわたしの面倒を見るとか言うの？

っていうか部下がいるんだよね？　その人達を探さないといけないんだよね？　なんでわたしを連れていこうとするの？　いや、ありがたいんだけど……。

っていうか、先生に対してすごくトゲがあるような言い方……。この二人には何かあるんだろうか？

わたしが心の中で突っ込んでいる間も、先生は黙ってはいなかった。

「ボクが魔物を追いかけるのは当然さ。それが仕事だからね。そう言う君は、こんな所で何をしているんだい？　宮殿で仕事をしすぎて、城下町ごときで迷ってしまったのかな？」

先生ー！　なんでそんなに言い返すの!?

すごい、ちょっとこの言い合いの行く末がどうなるか気になってきてしまった。

でも、このままはまずい。

周囲になんだなんだと人が集まってきてしまっている。

「あの、とりあえず歩きながらにしませんか？　その……すごく目立ってしまっているので」

「いいだろう」

「望むところだ」

なんか二人とも、戦いに赴《おもむ》く顔つきになっているんだけれど、なんでそんなに……。

そう思いながら歩くと、レイヴァールさんが口を開く。

「自分の仕事はこの街を正しくすることにある。外での見回りも時には必要なのだよ。そんなこともご存じでなかったのかな？　ああ、失礼、そういった教育は受けてこられなかったのか？　エルフでそれほどに生きているのに」

「君のような短い時間しか生きていない人間の尺度でエルフを測ろうなどと愚かなものだね？　そんな木端《こっぱ》仕事を自分でやらないといけないとは、さぞ仕事ができないのだろう。大変だと思うが頑張ってくれたまえ、そうして何も為《な》せずに気が付いた時には棺《ひつぎ》の中だと思うがね」

「ストーップ！」

わたしは流石に見ていられなくなって二人を止める。

というか、なんでそんなに嫌い合っているのか。まずはそこから話を聞くべきだろう。

「あの、お二人はどうしてそんな仲が悪いんですか」

「別に悪くなどないよ」

「それには同意見だね。不本意ながら」

「ダウト！」

「「ダ、ダウト？」」

「嘘です！　だってさっきからお互いに罵《のの》り合う寸前みたいな会話をしてましたよ？」

流石にあんな言い合いをしているのなら、止めない訳にはいかない。

わたしがそう言うと、先生は溜息をついて話す。

「サクヤ。エアホーンラビットを王都の牧場に預けるという話だけど……覚えているかい？」

「はい。覚えています」

「その牧場だが、実はボクの所有物でね。こちらの方に……もっと北の安全な場所だが、そこに作りたいと願い出たことがあるのだよ」

「そうだったんですか？」

「ああ、だが、何度出しても領主からの許可は下りなかった。正しい手続きを踏んでやっていたのにね」

そう言って先生は横目にレイヴァールさんを見た。

しかしレイヴァールさんは変わらぬ無表情で答える。

「下町はともかく、城下町の人々の、従魔に対する感情を考えれば当然であろう。そんなことをした日には暴動でも起きかねん」

「だから離れた場所にだな」

「街の近くという時点で、距離の問題ではない」

なるほど、二人が揉《も》めている部分が分かった。

従魔賛成派の先生と、従魔反対派のレイヴァールさんという感じなのだろう。

その意見で対立しているから、これだけ険悪な感じになっているのか。

なるほど。と、納得はできたけど、わたしができることってない気がする。

聖獣がいます！　と言ったら、レイヴァールさんが意見をすぐに変えてくれるとかあるかな？　……流石にない気がする。

「あの、そういったことは今は置いておきませんか？」

「サクヤ？」

「どうして？」

「それをここで話し合っても何も進まないと思うんです。なので、お互いのことを話してみませんか？」

せめて他のことで意識を逸らしたかっただけだけど、個人的にちょっと気になるというのもある。

二人は無言のまま歩いていく。

わたしは考えながら適当な道を歩く。

その進行方向をレイヴァールさんがちょっと変えていた。

先に答えてくれたのは先生だ。

「と言ってもね。ボクの人生は長いよ？」

「あ、そういえば先生っておいくつ……とか聞いてもいいんですか？」

「構わないよ。僕は三百歳だ、君よりはちょっと年上なだけだよ」

『ちょっと』で三百歳か、人間で越えた人っているんだろうか……。いなさそう。いや、ナラックさんか⁉

わたしが一人で驚いていると、レイヴァールさんが鼻で笑う。

「三百歳を超えてちょっととは、そんな年齢になっても道理が分からないので？　それともお年を召しすぎてボケてしまわれたか？　その点自分は二十三歳で物事をわきまえて、出世頭《しゅっせがしら》ですが」

おおう。ちょっと目を離した隙に煽《あお》るのはやめて。

でも、先生は苦笑する。

「くく、すぐ側に五歳の才女がいなかったら嫌味になっていたかもね」

「……たまにはいいことを言いますね」

「いえ……あの……そんな……」

ちょっとわたしに矛先が向くのは違うんじゃないのだろうか。

――ドガァン！

「!?」

わたしがどぎまぎしていると、近くで大きな音がした。

「何の音でしょう？」

「行ってみよう」

レイヴァールさんはひらりとマントをはためかせ、我先にと歩き出す。

わたし達も彼についていくと、そこでは結構な事故が起きていた。

「馬車同士がぶつかったぞ！」

「起こすのを手伝ってくれ！　衛兵も必要だ！」

どうやら馬車と馬車が結構な勢いでぶつかり、両方が横転してしまったようなのだ。

倒れてしまった馬車の周りには多くの人がいるが、見ているばかりで助けようとしている人は少ない。服装を見ると、貴族のような立派な服を着ている人がほとんどだ。

わたしは何ができるだろうか？　と考えていると、すぐ側で声がする。

「しばし待っていてくれ」

レイヴァールさんはそう言って、馬車の方に向かう。

「こういう時は早いな」

先生もそう言って馬車の方に向く。

「サクヤ君。ここにいるんだ。あまり遠くには行かないでくれよ？」

「はい。あの、わたしは何か……」

「君が来ると、みんなの目を奪われてしまうかもしれないからね。というか、力仕事になる。君はここで見ていてほしい」

先生はそう言って馬車に向かう。

「タイミングを合わせて持ち上げるぞ。せーの！」

先生が到着するとすぐに、レイヴァールさんが仕切り始める。でも、指示をするだけではなく、自身も馬車の重そうなところを持っていた。

「ぐっ……中々重いな……」

「これは……応援を待った方がいいかな？」

「そんな必要はない。お前達、手伝え」

「わ、我々もですか？」

レイヴァールさんに言われて驚いたのは、貴族っぽそうなきれいな服を着た男性達だった。

レイヴァールさんは命令をする。

「そうだ。自分の言葉が聞けんのか？」

「いえ……分かりました」

渋々《しぶしぶ》……という様子だけれど、貴族達も馬車に取り付いて起こし始める。

何回かそんなことをしていると、馬車が持ち上がった。

「ふぅ……もう一台もだな。ついてこい」

「もう……我々は疲れてできませんよ……」

レイヴァールさんの言葉に、貴族達は疲れを滲《にじ》ませた声で返す。彼らはシャワーでも浴びたかのようにびっしょりと濡れていて、疲れているのが伝わってきた。

クロノさんとかリオンさんを比べてはいけないと分かっているけれど、やっぱり体力は全然違うんだな。

「クソ……衛兵はまだ来ないか……」

周囲を歩く人もそこまで多い訳ではなく、たまたまなのか衛兵が来る様子もない。

なんとかなるならウィンに頼まなくてもいいかと思っていたけれど、これは頼んだ方が……。

「みんな。こっちをやってくれ」

わたしがウィンを呼ぼうとすると、そんな先生の声が聞こえた。

彼の方を見れば、馬車に何か細工をしているようだ。

「馬車に頑丈なロープを結んでおいたよ。これを引っ張るようにしたら、普通に起こすよりもやりやすいと思う。だからみんな手伝ってくれるかな？」

「それくらいでしたら」

貴族の人達も、レイヴァールさんの視線があったからか手伝ってくれる。

そして、無事に馬車は元通りになった。

「ヒヒィーン！」

馬車を引いていた馬や乗っていた御者《ぎょしゃ》や商人さんも、特に怪我などはなかったようで一安心だ。

すると、片方の馬車の主らしき商人がレイヴァールさんのもとにやってきた。

「すみません。本当に助かりました。筆頭書記官様に助けていただけるなんて……」

「気にすることはない。貴殿らはこの街の立派な住人である。よって、自分達に救われるべきであろう」

「そう言っていただけると、この街の住民であることに誇りを持てます。何かお礼を……」

「必要ない。自分はそんなことのためにやったのではないからな」

「そんな……」

「それに、自分の立場を分かっていて言っているのだな？」

レイヴァールさんがちょっと意味深なことを言い始めた。

なんのことだろうか？　そう思っていると、彼はちゃんと教えてくれた。

「自分はこの街の役人である。その自分に贈り物をしようなどと……賄賂は許されんぞ」

「そんな……私は商人です。倒れてしまった馬車を起こすのを手伝ってくれた方にお礼をして、何がおかしいのでしょうか」

「これが自分の職責である。よって、ただ仕事をしたに過ぎん。今は非番でもないしな。だから、これは仕事のうちなのだ。礼などは受け取れんよ。まぁ、他の公職についていない者へであれば、自分は止めはしないが」

彼はそう言って先生や、助けてくれた人達を見る。

商人さんは大きく頷くと、彼らに馬車に載っていた品物を手渡ししていった。

それは果物だったようで、受け取った人達は嬉しそうにしていた。ただ、先生はいらないと言っていた。

それから、レイヴァールさんが真剣な表情になって尋ねる。

「それで、どうして横転などということになったのだ？」

商人さんは、ほとんど人がいなくなった事故現場で話す。

「それが、私にもよく分からず……馬の手綱《たづな》をいつも通りに握っていたんですが、突然暴れ出しまして、反対側から来ている馬車に向かっていったんです」

「なるほど……もう片方の御者も同じように言っていたな。何かあったとしか思えんが……」

「何か……ですか。心当たりはありませんが……」

「なるほどな。また後日話を聞くかもしれんが、いいか？」

「もちろんです」

一通り事情聴取を終えたところで、わたし達はまた街を歩き出した。

「でも、一体どうしてあんなことが起きたんでしょうね。心当たりもないみたいですけど……」

わたしはさっきのことを二人に聞いてみる。

「だね。でも、馬も生き物だからね。突然何か痛みを感じて暴れるなんてことはあるだろうさ」

「そういうものですか」

「あくまで、そういうことがある。っていうだけなんだけどね」

「レイヴァールさんは何か思い当たることが？」

わたしと先生が話している間、彼はじっと黙っていた。なので何か考えでもあるのかと聞いてみたのだけれど、彼は首を横に振った。

「……特にない。それよりも、早いところサクヤの目的地を……」

「危ない！」

「⁉」

レイヴァールさんの言葉に被せるようにして、女の人の声が聞こえた。

何事かと思った直後、レイヴァールさんが急に右手を掲《かか》げる。

そして次の瞬間、彼は上から落ちてきた大きな花瓶を片手でキャッチした。

え、すご……じゃない！

「大丈夫ですか⁉」

「問題ない。それよりも、花瓶を落した住民よ。降りてこい」

「今行きます！」

そんな女の人の声が上から聞こえ、窓が閉まった音がする。

おそらくその人が下りてきているのを待っている間、わたしは感心していた。

「すごいですね。レイヴァールさん」

「たまたまだ。声が聞こえたからだな。しかし、こんなことが起きるなんてな」

そんなことを話していると、一人の女性が出てくる。

「すみません！　特に触ったつもりはなかったんですが、どうやら何か当たってしまっていたようで……」

「次からは気を付けろ？　今回は自分がいたからよかったが、全員が止められる訳ではないからな」

「はい。申し訳ありません」

「よい」

レイヴァールさんはそう言って花瓶を相手に返すと、マントをはためかせて歩き出す。

やっぱりちょっと中二病が入っているのかな。と思わないでもないけれど。

「……しかし、街に下りるとやはり色々なことが起きるな」

ふとそう零したレイヴァールさんに、私は首を傾げる。

「色々なことですか？」

「ああ、サクヤに会ったり、馬車の横転現場に遭遇《そうぐう》したり、花瓶が当たりそうになったり、お年寄りの面倒を見なければならなかったり」

最後の言葉の視線は明らかに先生に向いている。

「全く、何を言い出すやら。子守は大変だね。聞き分けのいい子もいるのに、ただただ駄々をこねる子供もいるんだから」

「相手の年齢も分からないとは、メガネの度はちゃんと合っているものを使うといい。今度いい店を紹介してあげようか？　それとも、魔物の見すぎでおかしくなってしまったかな？」

「君に心配されるまでもない。まず考え方からして気に入らないね。私達エルフの年齢を測れないくせに、相手が年齢を分からないと決めつけるなんて、思い込みも甚《はなは》だしいと思うよ。身の丈に合った行動をするべきじゃないかな？　じゃないと身を滅ぼすよ？」

「なんで第二ラウンドが始まっているんですか!?」

さっきは普通に協力できていたじゃん!?　ちゃんと助け合って、息が合うように行動していたのに、ただ歩くだけになった途端にこれだ。

もうどうしたらいいんだ……また何かトラブルでもあれば、二人で仲良く対処してくれるだろうか。

わたしがそんなことを思っていると、前の方から、すごく不機嫌そうな従魔が歩いてきた。

その従魔は小型の熊のような魔物で、牙を剥《む》いてグルルと唸《うな》っている。その視線は、レイヴァールさんに向いている気がする。

でも、あくまで気のせいだし、街中で襲い掛かるなんてこと……。

「グルァアアアアア!!！」

「エソ!?　ダメでしょ!?」

飼い主さんがリードを思い切り引っ張るけれど、エソがレイヴァールさんに襲い掛かる。

でも、レイヴァールさんは慌てる様子がない。というか、襲い掛かるエソの前に、先生が出た。

「先生⁉」

キュポン。

先生は懐からガラス瓶を取り出し蓋を取ると、襲い掛かってくるエソの顔にその中身を振りかける。

「グルル……グルゥ……」

エソは顔に薬品がかかった途端、大人しくなった。

先生は溜息をつきながら、レイヴァールさんを見る。

「全く……この子が嫌がるような臭いをつけるのはどうかと思うね？　いくら従魔が嫌いだからって、アイアンベアーが嫌う臭いを身につけるなんて」

「今のは……」

「ああ、この若造が従魔が嫌う臭いをさせていたから、あのアイアンベアーは興奮していたようだ。若造の臭いは消せないから、アイアンベアーの方に、鎮静剤《ちんせいざい》をかけたのさ」

「なるほど」

わたしが納得していると、飼い主さんが凄《すさ》まじい勢いで頭を下げてくる。

「すみませんすみません！　今日だけはこの子を連れてこなくてはいけなくて、本来はこっちにも来ないし、人に襲い掛かったりするような危ない子ではないんですが……」

飼い主の男性は本当に申し訳なさそうにレイヴァールさんと先生に向かって頭を下げ続ける。

「気にしなくてもいい。この若造が不用意な臭いをさせているのが悪い」

「……」

「？」

いつもなら先生の言葉に速攻で言葉を返すレイヴァールさんだと思っていたけれど、今の彼は何か考え込んでいる。

「レイヴァールさん？」

「ん？　いや……この臭い……先ほどの馬車を起こした時についた臭いだろうからな。しかし、タイミングが悪かったのはこちらも一緒だ。その胡散臭《うさんくさ》いメガネが言う通り、気にしなくていい」

ちゃんと説明するついでにお互いに毒を吐き合うのはなんなんだろうか……。

「いえ、襲い掛かったのは事実ですので」

「被害がなかったのだからいいと言っている。それよりも行くぞ」

そう言って、レイヴァールさんはまたスタスタと歩き出す。

わたし達がついていくと、今度は辛そうに歩いている老婆がいた。

レイヴァールさんは彼女を見て、一瞬逡巡《しゅんじゅん》したようだったが、すぐに声をかける。

「ご婦人。お困りかな？」

「問題ありません」

かすれたような声で、か細く答える老婆。

彼女は背に大量の荷物を持っていて、腰も結構曲がっている。明らかに手伝ってあげた方がいいだろう。

「ブリーダーエルフ。この荷物を持つくらいはできるだろう？」

「……その言い方はシャクに触るが、荷運びは君の方が得意なのではないかな？」

「自分は彼女を背負うという大事な役目があるからな。荷運びくらいやってみせろ」

そう言ってレイヴァールさんは荷物を先生に渡し、老婆を自分で背負って歩み出す。

彼のためらいない行動に、先生はぽつりと呟く。

「そうやって行動ができるのに、なぜあんな領主に従っているのか分からないね」

「……その言葉は我が主への侮辱《ぶじょく》とみなす。それでもいいのか？」

「……」

先生の軽口に、レイヴァールさんはかなり鋭い瞳を向けた。

その真紅《しんく》の瞳には殺意が宿っているように感じる。やっぱり、彼は領主をとても大事に思っている……というか、忠誠心は高いのだろうか。

「さっきの言葉は聞かなかったことにしてやる。それで、ご婦人。どちらに道を進めばいいのかな」

彼の鋭い言葉にわたし達が声を詰まらせていると、その空気を振り払うように老婆に声をかけた。

「こっちの道にお願いします」

「分かった……が、こんな裏道を通るのか？　あまりいい道とは思えないが」

「こっちの方が昔から通っている道でねぇ、だから大丈夫だよ」

「そうか。では行こう」

そして、わたし達は裏道に入る。

四人でのんびりと進んでいると、後ろから声をかけられる。

「おい、お前ら」

声が後ろの方から聞こえてきて、振り返ると、そこには短剣を持った男が五人ほどニヤニヤしながら立っていた。

まさか、裏路地で襲われるとは思っていなかった。

「まぁ……こうなるか」

「レイヴァールさん？」

わたしが彼の名前を呼ぶよりも速く、彼は背負っていた老婆を彼らの方に投げつける。

「レイヴァールさん⁉」

しかし、老婆は投げられながらも、空中でヒラリと華麗に態勢を整えて着地する。

「すご……」

「どこで気付いたんだ？」

老婆の口から低い声が聞こえて、先ほどまでのが演技だったと理解した。

「最初からさ。馬車の事件から始まり、花瓶が降って従魔が襲ってくる。いくらなんでも同時に起きすぎている。狙われていないと思う方がおかしい」

「色々と手を打っていたが……流石にバレてしまったか」

チンピラの一人はナイフを舐めている。うわ、それやる人本当にいるんだ。

「誰が狙いかな？」

先生は特に動じた様子もなく聞く。

「決まってんだろ？　そこにいる筆頭書記官様だ。それだけ高い役職にいるんなら……金くらいたんまりあるだろう？」

「ほう、金で解決するのか？」

「そうだぜぇ、さっさと寄越しな」

「そら」

するとレイヴァールさんはおもむろにサイフを取り出し、彼らの前に放り投げた。

ジャラリ。

地面に落ちたサイフからは硬貨の音が聞こえるけれど、チンピラ達は誰も動く気配がない。

そんな彼らを見つつ、レイヴァールさんは聞く。

「どうした？　さっさと拾え。そしてそこを開けろ」

「やっちまえ！」

しかし、チンピラはサイフに目もくれず、六人で突っ込んできた。

「下がっていろ」

そう言ってレイヴァールさんはわたしの前に出て、チンピラを一人二人とあっさりとのしていく。

『中々の手際だな。俺相手でも一秒は持つかもしれん』

『ウィン……これまで手を出さなかったのって……』

『こやつが筆頭書記官なのだろう？　俺が出たら気付かれてしまうかもしれん。それに、奴はそこそこ腕が立ちそうだったからな。手助けも必要ないだろうと思っていた』

『確かに……』

わたし達がそんな会話をしている最中に、レイヴァールさんはあっさりと敵の全てをのしてしまっていた。ちなみにさっきの老婆はやはりカツラだったようで、同じ服を着た男が倒れていた。

「すごいですね……」

「まぁ、筆頭書記官だからな」

「え？　他の書記官の人も結構戦えたりするんですか？」

「いや？　自分だけだ」

「……」

なら筆頭書記官かどうかは関係ないんじゃ……と言おうと思ったけれどやめておく。

それよりも、気になったことがある。

「どうしてサイフを取らなかったんですかね？」

「こいつらは領主様の政敵が送り込んできたのだろう。宮殿の中では領主様が最も大きな派閥《はばつ》だが、反対する勢力がいない訳ではないからな。もっとも、こんなことをしてくる奴らなど、たかが知れているが」

そう言って、彼は大通りに出て衛兵を呼ぶ。

チンピラもとい暗殺者は、衛兵に連れていかれた。

「ふむ。やはり時々はこうやって外に出て、敵を誘い出すのも必要だな」

「あ……もしかして部下が迷子になったのって……」

演技……？　スキルもあるし、なるほど、それなら確かに……。

「いや？　本当は残りのメンバーが隠れて自分を護衛するはずだったんだが、どこかに勝手に消えてしまったのだ。全く、ふざけた部下だ」

「……」

前言撤回。きっとこれはこの人の天然な部分なんだろう。

でも、さっきもすぐにわたしの前に出てくれたから、街の人のことを考えているのは本当なのかも。

そんなことを思っていると、レイヴァールさんと同じ格好をした人達が駆け寄ってきた。

「レイヴァール様！　また勝手にまい……どこかに行かれて、謹《つつし》んでくださいといっているではないですか！」

今絶対迷子って言おうとしたよね。

「お前達がついてこられないから悪いのだ」

「いえ、そもそも……」

部下の人の説教が始まりかけたところで、レイヴァールさんは関係ないとばかりにわたしの方に向く。

え？　今説教されている最中なんじゃ……と思うけれど、彼は気にした様子もなく口を開く。

「サクヤ。貴様の行きたい所に連れていってやれず、すまなかったな」

「あ、いえ、別に……」

それよりも彼の後ろで口をパクパクさせている部下の方が気になってしまう。

「何かあったら宮殿に来い。門で呼び出せば出てやれるかもしれん」

「あ、ありがとうございます？　でもなんで……？」

「貴様、この街の住民ではないのだろう？」

「!?」

ど、どうして……？　もしかしてわたしの正体が……。と少し緊張して彼の言葉を聞く。

「驚かなくてもいい。自分はこの街の名簿をほぼ暗記している。そこにサクヤという名前など見たことがなかったから、引っ越してきたのかと思ってな。それならば大変なこともあろうかと思っただけだ」

そう言って見せる真紅の瞳は優しかった。でも、そんな瞳はすぐに無感情に戻り、彼はわたし達に背を向ける。

「ではな。サクヤよ。お前達、行くぞ」

「行くぞって……お話はまだ終わっていませんよ!?」

そうして騒々しく、彼らは去っていく。

「中々愉快な奴らだね。宮殿の連中とは思えない」

先生はそうちょっと楽しそうに言う。

「そうなんですか？」

「宮殿の連中は基本的に、いかにして相手を利用するかってことしか考えないからね」

「利用できない場合は……？」

「さっきみたいに排除《はいじょ》しようとしたりかな」

わお、実体験してしまった。

まあ、防げたからよかった訳なんだけれども。

「それで、サクヤ君はどうしてここに？　ウィン様達は？」

「あーっと……戻ってからでも……いいですか？」

「いいよ。ここだと人の耳があるかもしれないからね」

という訳でわたし達は、下町の宿へと戻っていった。


宿についてすぐに、先生に事情を説明する。

「――なるほどね。まぁ、サクヤ君が無事だったんならいいんだ。そうだ、よかったらこのあと、ウィン様達も一緒に食事とかどうかな？」

「ちょっと聞いてみます」

当然いいよということだったので、一緒にご飯を食べることになった。

そのあとは夜まで先生とのんびりして、戻ってきたクロノさんリオンさんと合流する。さっきのことは、話さないことにした。だって怒られるし。

そうしてついに、指定された店に行く時間になった。

こちらのスパイと会うために。


そうして、時刻は夜八時の少し前。

わたし達は、バーバリアンの酒場に来ていた。

メンバーはわたしとクロノさんにリオンさん。それから隠れているウィンとヴァイスに、わたしの肩に乗って透明になっているエアホーンラビット。

「それじゃあ……行くぞ」

「うん」

「はい」

わたし達が酒場に入ろうとすると、わたし達の前を横切るようにして、真っ黒な外套を着込んだ人が店の中に入っていく。

「……」

わたしはいやまさかと思いながらも、彼のあとに続く。

その外套の彼は、近くにいたウェイトレスに声をかける。

「予約しておいた十番の席へ」

「かしこまりました。こちらへどうぞ」

その席番号も、その声もどこか聞き覚えが……というか、今日さっき聞いたばかりのような……。

「いやいや、そんなはずないですよね」

「どうした？　サクヤ？」

「なんでもないです。行きましょう」

わたし達も十番の席に案内してもらう。

そこは完全な個室になっていて、壁には明かりの魔道具と、何か別の魔道具も何個か置かれていた。

わたし達が中に入ると、彼は壁に置かれている魔道具を操作する。

『あれってなんの魔道具か分かる？』

わたしはウィンに念話で尋ねる。

『おそらく防音の魔道具だろう。この部屋に防音の魔法がかけられた』

へーと思っていると、外套の彼はフードを取る。

それと同時に、わたしと目が合った。

「サクヤ!?」

「レイヴァールさん!?」

やっぱりレイヴァールさんだった。

よかったような……ダメだったような……いや、そんなことない。

わたしのことも気遣ってくれていたし、そっか……レイヴァールさんが……。

「よかったです……」

「おおい!?　どうして泣く!?　自分が泣かせたみたいだろう!?」

「だって……レイヴァールさんが悪い人だったらどうしようかと……」

「……いや、自分は悪人として処理されても文句のつけようはない。領主の命令とはいえ、やることはやってきたのだからな」

わたし達が会話をしていると、リオンさんがにっこりとした目でわたしを見る。

「サクヤちゃん、どうして君がレイヴァールさんと知り合いなのかな？」

にっこりと、人を笑顔にするような笑みを浮かべているけれど、その背後にはゴゴゴゴゴゴと表現したくなるような圧力があった。

「あ、いえ……えっと……その……道に迷っているところを助けていただきまして」

「道に？　では筆頭書記官殿は下町まで降りてきたのですか？」

リオンさんがレイヴァールさんを見つめる。

「いや？　自分が城下町で仕事をしていた時に、道で迷っているサクヤを見つけてな。保護しただけだ」

わたしは気付かれないようにそーっと扉に向かう。

「サクヤちゃん？」

「はぃ！」

「あとでちょーっと詳しくお話ししようね？　心配させないでって言った意味、ちゃん……と説明するからね」

「はい……」

めっちゃ溜められた。どうなってしまうのだろう。

そこで、話を進めるためにクロノさんが口を開く。

「サクヤ、リオン。その話はあとでいい。今は座ってくれ」

「分かりました」

「はい」

ということで、この場ではおとがめなし（多分）になったので、これからの話になる。

最初に口を開いたのはレイヴァールさんだ。

「しかし、クロノにリオンか……まさか貴様達が来るとは、想像もしていなかった。一応、信用したいが、不安もあるのでな？　誰にここを教えてもらった？」

「教えてもらったのはおれ達ではなくサクヤだ」

クロノさんがそう言うと、三人の視線がわたしに飛んできた。

「わたしはパルマの村の長老さんから聞きました」

「長老……では質問がある」

本当に協力してくれるかの確認の質問だろう。

ちょっとドキドキする。

「どうやって長老から聞き出したのだ？　彼は相当に頑固《がんこ》だと聞いているが」

そうだろうか？　結構普通の人だと思っていたけれど……。

でも、聞かれたからには答えないと。

「わたしの従魔にフェンリルがいるんです。それを教えて、依頼をこなしたら……」

「なるほど、フェンリル様が……ついに……」

ついに？

わたしが聞く暇もなく、彼は頷いて目つきを鋭いものにする。

「あなた方は何を望む？」

「どういうことだ？」

わたしの代わりにクロノさんが聞いてくれる。

「決まっている。自分はあなた方が何の目的で来たか知らない。だから何をしろと要求するつもりなのかを教えろということだ」

そう問われたクロノさんは少し考えて、口を開く。

「おれ達は領主がやっている悪行を暴こうと思っている。ひいてはパルマ村を守ることにもつながるだろう。それに協力してほしい」

「悪行か、どれについてだ？　賄賂、汚職、誘拐、暗殺。法で禁じられていることはほとんどやっているのではないかな？」

「それだけやっているのなら、告発すれば領主を追い落とせるだろう」

わたしもそう聞きたくなるほどに、領主というのは色々とやっているらしい。

これなら追い落とすのも簡単そうだと思ったが、レイヴァールさんの顔色は優れなかった。

「それでダメだったらどうするつもりだ？」

「ど、どうする……とは？」

「奴はギルドから買い取った魔物の素材を王都に売っているが、その利益は全て、ケンリスでは使わず王都での賄賂につぎ込んでいる。つまり王都の貴族には、領主に味方する者も多いということだ。ヒュードリヒ公爵《こうしゃく》、ベンセラル侯爵《こうしゃく》、バルマン辺境伯《へんきょうはく》……聞いたことくらいはあるだろう？　それほど有名な奴らとも取引をしているのだ。それを自分のような木端役人が告発したところで、消されてお終《しま》いだ」

「あの大貴族達もここの領主の味方だと？」

クロノさんは驚きつつ、なんとか声を絞り出す。

リオンさんは口を開閉するだけで、声が出ていない。

レイヴァールさんは淡々《たんたん》と答える。

「ああ。下町で城壁の修理もできなかったほど金がないのはそういう理由だ。城下町は警備もすごいし、それだけ他のことに金を使っているから、こちらに手が回らないのだ」

城壁というのは、わたしが最初に来た時に修理したあれのことだろう。

あれ？　でもそれなら……。

「あの、なんで領主様は土魔法使いを集めているのですか？」

「ほう。サクヤはいいところに気が付くな」

「？」

なんのこと？　と思っていると、彼はよく聞けとばかりに顔を寄せる。

「いいか？　領主は王都との繋がりが強いが、何かを隠そうとしている節がある。そして奴の屋敷には、何か重大な物が隠されている。それも、奴と本当に信頼している部下以外誰も近付けさせないほど……決して知られてはならない何かが」

それを暴ければ、領主は失脚する。

そう言っているようだった。

「奴の屋敷？　どうしてそんなことが分かるんだ？」

クロノさんは訝《いぶか》しげな表情でそう言ってレイヴァールさんを見る。

「それは、自分でも入れないからだ。自分はこれまで、領主に取り入るために忠実に仕事をこなしてきた。筆頭書記官としての表立った仕事から、王都での賄賂の受け渡しなどの汚れ仕事までた。これでもかなり信頼されているつもりだが……自分は奴の屋敷の地下の一角には決して近付かないように厳命されている」

「それほどの物が地下にあると？」

「ああ、間違えて地下への扉に近付いた見張りの兵士がいたが……有無《うむ》を言わさず処理されたこともあったくらいだからな」

「近付いただけで？」

「――〈風の子守歌〉」

それはあまりにも……と思ったところで、わたしは急激な眠気に襲われて座っていられなくなる。

――ポス。

そして隣にいるクロノさんの太ももの上に頭を落とす。

「サクヤ？」

「すみません……ちょっと……眠たくて……」

「……寝ていろ。何があっても守ってやる」

「はい……すみません……」

おかしいな。さっきまでは普通だったのに……。

わたしは、そう思いながら意識を失った。

◇◆◇◆◇

おれがレイヴァールの話を聞いていると、急にサクヤが寝た。

おれの膝の上で、髪をそっとすくけれど、サラサラしていてずっとやっていたくなる。

「でも、なぜこんな急に……」

「俺がやった」

その声の方を向けば、扉のすぐ近くにはウィン様がいた。

「ウィン様!?」

どうして姿を、と思っていると、レイヴァールが尋ねる。

「あなたがフェンリル様ですか？」

「いかにも、俺がサクヤの従魔でフェンリルのウィンである。ちなみに、サクヤは俺の魔法で寝かせた。聞かせるような話でもないであろうからな」

そう言って、ウィン様は早くサクヤを寄越せと言いたげに視線を向けてくる。

おれは大人しくサクヤを抱え、ウィン様の背中に乗せる。

「確かに……そうかもしれません。しかし、ウィン様。あなたはこの三百年、どちらにおられたので？」

「世界を支配しようとする者達に囚われていただけだ。それをサクヤに救ってもらってな」

レイヴァールが興味深そうに聞くと、ウィン様はそれに気をよくしたのかサクヤとのことについて語り始める。

「――という訳で、俺はサクヤと共に行くことになったのだ」

それから一時間はサクヤとの出会いについて語っていた。

流石にそろそろ本題に入りたい。

「ウィン様。そろそろ本題に入りたいのですが」

「なに？　サクヤのかわいさはまだまだこんな……いや、そうであったな。悪い」

そう言ってウィン様は床に丸まって座り込む。

サクヤを包み込むようにだ。

「ではレイヴァール殿。これからどうするかを話し合いたいと思う」

おれがそう言うと、レイヴァールは頷く。

「ああ、先ほども言ったが、領主の屋敷の地下に何かある。それを調べてほしい」

「屋敷か……警備は厳重か？」

「宮殿と同等程度には厳重だな」

「それを突破しろと？」

「仮にもAランク冒険者様なら突破してほしいものだな」

そんな簡単にできたら苦労はしない。宮殿の警備だって、魔物がいる地域ということもあって兵士達はかなり鍛えられているし、それと同等と言われれば簡単ではないだろう。

だが……

「それで領主の悪事が暴けるのだな？」

「必ず。何も見付からなかったら、自分が王都で証言してもいい」

「正直、そうしてくれた方が話は早そうなんだがな」

国王である父と第一王子である兄に話を通しておけば、正直なところ貴族達もなんとかできるような気もする。

だけど、確実なものにするためにも、物的証拠も欲しいところではあった。

「でも、実際に戦えるのは僕達だけだから、もう少し楽になるといいんだけど……筆頭書記官の力でなんとか移動させたりはできないの？」

リオンがそう言うが、レイヴァールは首を横に振る。

「無理だな。いくら信頼されているとはいえ、屋敷の兵までは動かせない。宮殿の兵士だったらある程度好きに動かせるが、屋敷を攻めさせる訳にもいくまい？」

「いえ、確かにそれはダメかもしれませんが……」

「それに、屋敷には領主の影とも言うべき男がいる。そいつには気を付けろ」

「誰だ？　そいつは？」

「名をオルトリンド。戦ったことはないが、気配だけで分かる。底知れぬものを感じるのだ」

「分かった。気を付けておこう」

そんな話し合いを続け、やるべきことが固まってきたところで、大事な話になる。

「それで、いつ屋敷に潜入するかだが……」

「明日がいい」

「明日？」

レイヴァールは急にそのようなことを言い出す。

「理由を聞いてもいいかな？」

「月に一度の転移陣を使った王都との物資交換だが、次は五日後だ。それにあわせて、明後日からかなり大規模な兵の増員が行われるのだ。宮殿も……屋敷もな。そうなっては、戦うのは厳しかろう？」

「なるほど、分かった。それでいこう」

そして、決行は明日の深夜ということに決まった。

「ただ……ウィン様は来られるのですか？」

レイヴァールは機嫌を窺《うかが》うように聞く。

「サクヤが行くと言ったら行く。行かないと言えば行かない。まぁ……サクヤなら行くと言うだろうがな。お前達がここに来させないようにしたのに、自らここに来るくらいだぞ」

「それは……」

正直悩ましい。

ウィン様は戦力として絶大だ。いてくれれば、兵など何の問題にもならないだろう。

だが、そこにサクヤを巻き込んでもいいのか。少なくとも、これまで巻き込まないようにやってきたつもりだった。

しかし、レイヴァールと繋がれたのはサクヤのお陰だ。

おれ達でもやれることはやってきたつもりだが、サクヤに頼りきりな気しかしない。

ここくらい、おれ達だけでやるべきなんじゃないのか。そう思ってしまう。

おれが悩んでいると、ウィンが体を揺らす。

「サクヤ。起きてくれ。少し話がある」

「ん……なに……」

サクヤはかわいらしい顔を擦りながら、ゆっくりと起き上がる。

このかわいらしい幼子は、おれ達大人が守らねばならない。なのに、いつも彼女にばかりやらせている。

王族として、それでいい訳がない。

「サクヤ。明日領主の屋敷に行くそうだ。サクヤは行くか？」

「ん……行く」

そう言ってサクヤはフサッっとウィン様の毛皮に潜り込んだ。

「ということだ、行ってやる。それに……」

「ウギャゥ！」

「キュイ！」

「こいつらもやる気だ。サクヤのことは心配しなくてもいい」

ヴァイス様も、エアホーンラビットも、サクヤの両隣で声をあげている。

ここまでしてくれたのなら、断る訳にはいかない。

「ありがとうございます」

「サクヤに言うといい」

「はい……」

こうして、おれ達は領主の屋敷に行くことになった。

第6話

翌日の夜。

「ふぁぁ……」

「眠いか？　サクヤ」

「ううん。そんなことはないと思うんだけど……」

わたし達はクロノさん達と、一緒に領主の屋敷近く、裏口側に来ていた。

『……許さない』

「ん……」

「また聞こえたのか？」

「うん……。助けを求めているみたいなんだよね」

城下町に入った時だけに聞こえていた声は、屋敷に近付けば近付くほど聞こえる回数が増えていた。

「この屋敷に近付くと声が聞こえる……どういうことだろうな」

「分からない……でも、わたしも行くべきだと思う」

そんな話をしているわたし達は今、リオンさんが考えてくれた作戦を待っている。

近くでは、クロノさんとリオンさんが屋敷の兵士の格好をしていた。

「おい！　表に集まれ！」

待っていると、屋敷の中からそう叫ぶ声が聞こえた。

「始まったな」

「少ししてから行こう」

「ああ」

わたし達は少し待ち、クロノさんの合図で飛び出す。風のように進み、屋敷の中に難なく侵入することができた。

「あの……レイヴァールさんは大丈夫でしょうか……」

「大丈夫だ。あいつ自身も強い」

「僕達が侵入したら帰ると思うから、大丈夫だよ」

「……はい」

レイヴァールさんには、領主の屋敷の調査という名目で、宮殿の兵士を連れてきてもらっている。

屋敷の兵が表に集まるように声が上がっていたのは、そのためだ。

調べさせろと強引にごねるだけだけれど、これが領主にバレたらもう後戻りはできないと言っていた。

「おれ達のやることは、一刻も早くこの屋敷の地下に行き、証拠を見つけることだ」

「サクヤちゃん。気を付けてね」

「はい」

わたしも覚悟を決めて、屋敷の中を進む。

まぁ……進むのはウィンで、わたしは乗っているだけなんだけれど……。

それから、レイヴァールさんから聞いていた通りの道を進むと、扉の前に立っている兵士二人を見つける。

「おれが行く」

クロノさんが彼らを発見すると、片手を上げて近付いていく。

「よう。警備はどうだ？」

「ああ、ここはマジで誰も来ないから暇だよ。で、なんで来た？」

流石にここの兵は動かす訳にいかないのだろうか、事情は知らないようだ。

「宮殿の兵士達が調査をさせろって外に来ているらしい。だから一応知らせておこうと思ってな」

「宮殿の兵士が……？　なんでまた」

「おれが知る訳ないだろう？　外にいる連中に聞いてくれ」

「はは、違いない」

そう言って兵士が肩をすくめた瞬間、クロノさんは一気に距離を詰めて拳を腹に打ち込む。

「きさまっ――が！」

そして、そのまま隣の奴も首筋を手刀で打って気絶させていた。あっという間の早業《はやわざ》で、まばたきをしている間に終わっていた。

「よし行くぞ」

クロノさんが観音開《かんのんびら》きの扉を開けて、わたし達は部屋に入る。

「これは……？」

部屋の中は真っ暗で、広さは八畳ほど。

目を凝らして壁際を見てみるけれど、全く物が置かれていないように感じる。天井も、地面も同じようだ。ただ、材質は黒い何かでできていて、これがなんなのかはよく分からない。

「〈灯《ともしび》〉」

リオンさんもどう調べたらいいのか分からないらしく、とりあえず明かりの魔法を使ってくれた。

彼の魔法で照らされた部屋だけれど、最初と印象が変わることは全くなかった。

「これは……どうなっている？」

「分からない……ここが教えられた場所のはずだけど……」

わたしはウィンに聞く。

「ウィンは何か分からない？」

「この部屋は魔法で作られているように感じる」

「なら、どこに隠された出入り口があるかとかは？」

「分からん。風の通り道が全くないからな。ここまで徹底して風対策をされているのを考えると、俺がここに来るのを知っていたかのようだ」

ということは、領主はウィンの存在を知っていた？　どうやって？

分からない……けど、今は調べるしかない。

「ウィン。この壁とかって吹き飛ばしたらまずい？」

「流石に危険だな……。どれだけの力で吹き飛ぶかも分からないし、一階への被害がどれだけ出るかも分からない。下手をすれば、俺達が生き埋めになったり、目的の部屋が崩壊《ほうかい》したりする可能性がある」

「むぅ……」

わたしの魔法でなんとか……できないかな？　今使える魔法は水魔法が少しと、結界魔法と回復魔法だけだけど。

……水で部屋をいっぱいにして、流れていく隙間がないか探してみる……？　いや、風の通り道はないって言っていたし、水も通らないだろう。

でも、こんな何もない部屋を厳重に警備する意味がない。

「リオンさん」

「なんだい？」

「何もない部屋をこれだけ厳重に警備する意味なんてないですよね？」

「うん。そうだね」

「だとすれば、隠し扉があったりしませんか？」

「うーん、確かに。でも痕跡《こんせき》みたいなものもないんだよね……」

隠し扉にアクセスするためのキーになるアイテムがあるとか？　よくあるのは鍵だけれど……。

そんなことを考えていると、ヴァイスが大声で吠える。

「ウギャウ！」

「ヴァイス？」

「ウギャウ!!」

ヴァイスは任せて、というように吠えると、ウィンの上から飛び降りた。

そしてじっと周囲を見回している。

「ヴァイス？」

「ウギャウ！」

ヴァイスは真正面に駆け寄っていったかと思うと、じっと見つめて何かをしている。

「む、壁の中の魔力が動いているな……そうか、土魔法だけでなく、金魔法も使われているのか」

ウィンが感心したように言うので、私は驚く。

「そうなの？　でも、金魔法の使い手を集めてるって話は聞いてないけど」

「ああ。だが、ヴァイスが動かせているのだ。それに、ここが重要な場所だと考えると、金魔法の使い手は領主の身内のはずだ」

「そっか……」

「まぁ、俺にかかれば瞬殺だ。気楽にしておくといい」

「分かった」

少し待っていると、ヴァイスはムムム……とやったあとに、こちらを向いて笑顔になる。

「できた⁉」

「ウビャウ！」

ヴァイスが鳴くと同時に、正面の土壁の一部が沈んでいった。人一人通れるくらいの大きさだ。

「「……」」

ただ、クロノさん達はそれ以上先に進もうとはせず、じっとその黒い先を見つめていた。

それはウィンも同様だった。

「ウィン。どうしたの？」

「……クロノ、リオン」

「なんでしょうか」

「お前達はここに残れ」

「ウィン⁉」

突然何を言い出すのだろうか？

でも、ウィンはふざけている様子はない。

「サクヤ。俺から決して離れるなよ。魔法でお前達を守るが……ヴァイス！　戻ってこい！」

「ウビャ……」

ヴァイスもどことなく怯《おび》えているのだけれど……この奥には一体何がいるのだろうか。

「おい！　いたぞ！　侵入者だ！」

しかし、そんなことを考える時間もなく、後ろから屋敷の警備が現れた。

クロノさんが叫ぶ。

「サクヤ！　ここはおれ達に任せて先に行け！」

「……すぐに戻ってきます！」

わたしはそう言うと、かなり警戒しているウィンに、進むように頼む。

「あ、これ持っていって」

そう言って、リオンさんが明かりの魔道具を取り出した。

わたしがそれを受け取る前に、ウィンが魔法で浮かせてくれた。

「助かる。行くぞ」

「うん」

開いた通路を進むと、そこには前に見たことがある光景が広がっていた。

「おのれ……奴め、まだこんなものを残していたのか！」

ウィンの毛皮が逆立ち、とてもイラついている。

それもそのはず、ウィンを閉じ込めていた黒い牢が、ここにもあったのだ。

しかも、その奥にとぐろを巻くように丸まった何かがいた。

「ウィン。近付いてあげて。助けてあげないと」

「……だが……敵かもしれん」

「敵？　捕まっているんじゃないの⁉」

「……」

ウィンは悲しそうな表情を浮かべるけれど、何かあるのだろうか。

そう思ってよく目を凝らしてみると……檻《おり》の中に何がいるのか分かった。

「ウィン、行こう。この牢に入れられてるってことは……聖獣なんだよね」

「……ああ」

小さい体は、震えているようにも見える。

だから、少しでも早く助けてあげたい。

「ウィン。お願い。助けてあげて」

「……分かった。サクヤが望むなら。ただし、俺の上から離れるんじゃないぞ」

「分かった」

ウィンはそう言って牢の方に近付いていく。

そうすると、その牢の中にいる何かが分かる。

きれいな緑色の体だけど、見る角度を変えると青にも見える。それは白磁《はくじ》のように滑らかなウロコだった。とぐろを巻いているが、全長は一メートルくらいだろうか。

「蛇……？」

わたしが口に出すと、ウィンが教えてくれた。

「あれは青龍だ。二百年前にこの辺りに来たと聞いていたが……」

「まさか、その時から捕まって……？」

「おそらくな。壊すぞ」

「うん。魔力は好きに使って」

牢に近付き、ウィンが以前やってくれた要領で牢を壊してくれた。

バキィン！

「〈風の獣爪《じゅうそう》〉」

ウィンは爪に風をまとって、牢を全て粉々に破壊していく。

わたしはその間に鑑定をする。

《名前》　未設定
《種族》　青龍
《年齢》　7344
《レベル》　832
《状態》　衰弱《すいじゃく》　憤怒《ふんぬ》
《体力》　3041　《魔力》　25
《力》　5776　《器用さ》　4914　《素早さ》　6233
《スキル》　木魔法　育成　龍爪《りゅうそう》　龍牙《りゅうが》　見極め　龍鱗《りゅうりん》　魔力操作　魔力吸収　？？？　？？？？
《称号》　木漏《こも》れ日の蛇　水も滴《したた》る蛇

「!?」

わたしは鑑定をしてすぐに、ウィンから降りようとする。

だけれど、降りられなかった。ウィンが風で防御魔法を周囲に展開していたみたいだ。

「ウィン!? 降りられないんだけど!?」

「降りてはならん」

「どうして!? だって今もあの子は苦しんでる！ わたしの魔力を少しでもあげられたら！」

青龍の魔力は、25しかない。

そんなことありえるの？ そう思うくらいにおかしい。

生まれたばかりのヴァイスですら、200はあったと思う。

それに、ウィンが言っていた。

あの牢はウィンの魔力を吸っていたと。

この二百年間。ずっと魔力を吸われ続けてきたのだとしたら……。

「わ！」

そう思っていると、いきなりウィンが飛びずさる。

なんで……と口を開こうとしたら、目の前の空間を茨《いばら》が埋め尽くした。

「え……」

わたしが驚いて隙間からその奥を見ると、青龍の目が真っ赤に燃えていた。

「許さん……決して許さんぞ、人間どもよぉ！ 我の怒り、受けるがいい！」

次の瞬間、わたしの周囲を木々が埋め尽くした。

「きゃ！」

わたしは一瞬、目を閉じてしまう。それほどに圧倒的な物量が、こちらを押し潰そうとしていたのだ。

でも、なんの問題もなかった。ウィンが魔法で茨を全て切り裂いてくれたから。

「ウィン。ありがとう」

「俺が守ってやると言っただろう。安心して俺の背に乗っているといい」

「でも、青龍が……」

「……ああ。なんとかして助けてやりたいが……どうするか。〈大嵐《おおあらし》の堅顎《けんがく》〉〈大嵐の堅顎〉〈大嵐の堅顎〉」

ウィンはそんなことを言いつつも、魔法で迫ってくる木々を全て壊してくれる。

最初は怖いと思ったけど、ウィンの側にいれば安心できそうだった。

「魔力を渡せたら、落ち着いてくれるかな」

「その魔力を使って攻撃をしてこなければいいが……」

「だけど……どうにかして助けてあげたい」

「それは俺も同じ気持ちだ。やはり、今はゆっくりと待つべきではないか？　奴はかなり弱っている。このままだとすぐに魔法も使えなくなるだろう」

「……え？　っていうのか、これって魔法なの？」

わたしは何か大事なことを見落としているようで、ウィンに聞く。

「当然だ。これは奴の木魔法だ。奴が正気であれば、こんな雑な攻撃はしてこないが……」

「……」

わたしは不安に感じてもう一度青龍を鑑定する。

《名前》　未設定
《種族》　青龍
《年齢》　7344
《レベル》　832
《状態》　衰弱　憤怒
《体力》　2366　《魔力》　1
《力》　5776　《器用さ》　4914　《素早さ》　6233
《スキル》　木魔法　育成　龍爪　龍牙　見極め　龍鱗　魔力操作　魔力吸収　？？？　？？？？
《称号》　木漏れ日の蛇　水も滴る蛇

「体力が減ってる!?」

「なんだと!?」

「このまま青龍が魔法を使い続けたら……もしかして……」

死んでしまうかもしれない。

だから、なんとかして彼を止めないと。

でも、わたしにできることなんて……。

水魔法じゃ意味がないだろうし、結界魔法は自分達の身を守るだけ。

あとは回復魔法は使えるけど……。

「回復魔法か……」

上手くいくか分からない。でも、ウィンと協力したら、いけるかもしれない。

「ウィン。ちょっと相談があるんだけど」

「なんだ？」

「青龍の気だけ引いておいてくれない？　わたし……少し近付いてくる」

「サクヤ⁉　だがそれは危険だと」

「大丈夫」

「サクヤ？」

わたしはウィンに心配をかけないように、安心してもらえるように笑顔を作って言い切る。

「ウィン。信じて、わたしのことを。大丈夫。わたしにはたくさんの魔力があるから。それで結界魔法を張る」

「それで？」

「近付いて回復魔法をかける」

「な、そんなことをしたら襲われる！」

「でも、わたしの結界魔法なら多分大丈夫。それに、魔力も使いきれないくらいあるし。だから、大丈夫。信じて。わたしがあの子を助けてあげる」

わたしがそう言うと、ウィンは少し黙ったあとに頷いてくれた。

「……分かった。ただし、後ろから回り込んでいけ。それなら、襲われる可能性も低い」

「うん。ありがとう。ウィン」

わたしは降りる前にウィンをぎゅっとして、ヴァイスとエアホーンラビットにも言葉をかける。

「君達も残って。大丈夫。わたしはやれるから」

「ウビャウ……」

「キュイ……」

「大丈夫」

わたしは彼らをぎゅっとしたあと、そっとウィンの後ろから降りる。そして、わたしが張れる最高に硬い結界魔法を構築した。

キィン！

わたしの周囲を囲むように、当然下も。

だから、わたしは滑るように移動し、ウィンの言いつけ通りのルートで青龍に近付く。

ダン！

彼に近付くと、木のツタがわたしの結界を叩く。でも、流石にかなり魔力を込めたお陰でびくともしなかった。

しかも、ウィンが魔法でわたしを守ってくれていたので、それ以降結界が攻撃されることもなかった。

わたしはそっと青龍に近付く。

でも、わたしが近付くと、青龍はウィンではなくこちらを向いて魔法を放ってきた。

「く……これだと近付けない……」

そう思った瞬間、ウィンの方から凄まじい声が響く。

「ワオン!!」

「!?」

ウィンは続けて叫ぶ。

「サクヤ！　今青龍の脳に魔力を叩きつけた！　少しの間ならまともになるはずだ！」

「！　ありがとうウィン！」

わたしはすぐさま青龍に近付く。

彼は怒りで目を真っ赤にしながらも、涙を流していた。

「……〈回復の祈り〉」

今の彼にきっと言葉は届かない。だけど、このまま彼が死んでしまったら、それはとても悲しいことだ。

わたしも……そんな最期を見届けたくはない。

彼の怒りがどれほどで収まるのか分からない。

でも、わたしは持てる力を振り絞って、彼に回復魔法をかけ続ける。

「お願い。悪い人もいる。だけど、いい人もいるんだよって知ってほしい。二百年もこんな所に閉じ込めておいて、都合のいいお願いかもしれないけど……どうか」

わたしは青龍に回復魔法をかけ続ける。

それから、三十分は経っただろうか。周囲の木々がいつの間にかなくなっていた。

「木が……あ！」

そう思った瞬間に、とぐろを巻いて起き上がっていた青龍がふらりと倒れる。

わたしは彼を抱きとめた。そして、無事を確かめるために鑑定を使う。

《名前》　未設定
《種族》　青龍
《年齢》　7344
《レベル》　832
《状態》　衰弱
《体力》　5198　《魔力》　132
《力》　5776　《器用さ》　4914　《素早さ》　6233
《スキル》　木魔法　育成　龍爪　龍牙　見極め　龍鱗　魔力操作　魔力吸収　???　????
《称号》　木漏れ日の蛇　水も滴る蛇

彼の体力は回復していて、魔力も増えている。

そして何より――

「憤怒が消えてる……」

よかった。

これが悲しいことにならなくて、彼を救えて……。

わたしは、彼を精一杯抱き締めた。

◇◆◇◆◇

「〈炎の壁〉」

「うお！　リオン、助かった！」

「兄さん、出すぎだよ！　そんな前に行かないで！　少しは水でも飲んで！」

リオンの魔法でおれの目の前に炎の壁が作られ、衛兵が慌てて下がる。

サクヤ達が行ってからぶっ続けで戦っていて、その影響もあって体が疲れているのか、敵の接近を許してしまったようだ。

でも、ウィン様の指導のお陰もあって敵の動きがよく見える。相手はただの兵士ではなく、この屋敷の精兵だ。中にはBランク冒険者に近い実力を持つ者もいるが、耐えるだけなら問題ない。

「来るなら来い。おれが相手をしてやろう」

おれは疲れをおくびにも出さず、むしろ煽るような物言いをする。

こうして敵の戦意を少しでも削《そ》ぐことができればもうけものだ。

「〈炎の槍〉」

奴らの注意がおれに向いている間に、リオンが魔法を放って敵を攪乱《かくらん》する。

おれはここで攻めずに、水を飲んで見せた。本当はそんな余裕などないが、少しでも相手に圧をかけて、敵の動きを鈍らせるためだ。あとは単純に、少しは体を休めたいというのもあったが。

そうやって時間を稼いでいたけれど……そうも言っていられなくなった。

敵が中央から二つに割れて、一人の男が進み出てくる。

燕尾服《えんびふく》を乱れなくまとっていて、執事のように見えるが、その瞳は他人を見下していることを隠そうともしない。髪は茶髪をオールバックにしていて、全てがきっちりとしている印象だ。

「全く、たった二人相手に何をやっているのでしょう？　私が筆頭書記官に呼ばれて来れなかったからといって……使えない奴らは死ぬしかありませんよ」

奴の言葉に、衛兵達は顔を一気に青くする。

「お前は……」

「私のことを知りませんか？　まぁ、使い捨ての冒険者風情《ふぜい》が知ることもないでしょう。私はこの屋敷の全てを預かっているオルトリンドと言います」

「オルトリンド……」

「ええ、無駄話は必要ないでしょう」

レイヴァールが名前をあげていたオルトリンドはそう言うなり、右手で正拳突きをしてくる。

「っ⁉」

おれが先ほど衛兵相手に放ったのとは比べ物にならないほど正確で鋭い。避けるので精一杯だ。

「ほう。ではこれは」

奴はそのまま、左回し蹴りでおれの頭を狙う。

攻撃の一つ一つが丁寧で、そして確実に一撃で急所を狙ってきている。

「ぐっ！」

おれはその攻撃を躱せないと悟ると、両手を前にしてガードした。

ゴン！

両腕に痛みが走ったと思ったら、おれは背中から壁に叩きつけられていた。だが、意識を失うのだけはなんとか回避する。

「ほう、よくやりますね。私の攻撃を受けるとは」

「今度はこちらの番だ！」

最初からあの速度でくると分かっていれば問題ない。

おれは奴に迫り、剣を小さく振って攻撃をする。

奴は手袋をしているとはいえ素手。こちらの剣を避け続ける必要があるから、どこかで隙ができるだろうし、そこを狙ってリオンの魔法で攻撃すればいい。

しかし――

「ふむ。考えが甘い」

キィン。

「は？」

おれの剣は奴の拳に受け止められた。

信じられない現象が起きている。そう思った時には、おれは再び壁に叩き付けられていた。

「かはあっ！」

「兄さん！〈炎の壁〉」

リオンの声と共に、おれとオルトリンドの間に炎の壁が立ち上がった。こちらに向かってこようとしていた奴が立ち止まる。

「兄さん！　大丈夫!?　兄さん！」

「ああ……悪い。大丈夫だ……」

おれは駆けつけてくれたリオンのおかげで、意識を失わずにすんだ。

「ふん！」

ブワァ！

「炎といえど、拳圧で吹き飛ばせばいいだけのこと。警戒しましたが、その必要すらありませんでした」

オルトリンドは見下す目をしたまま、おれ達の方に向かってくる。

このままでは、おれは破れるだろう。そうなれば、奴をサクヤ達の元に行かせてしまう。それどころか、父の命《めい》も守れず志半ばで倒れることになる。

ここは任せろと言ったのに、ここを守り通せないなんてことは絶対に許せない。

でも、今のおれでは勝てないほど、実力差ははっきりしていた。そのこと自体は、おれにも分かる。ならどうしたらそれをひっくり返せるか。

父の命を、サクヤを守るために、おれはできる限りのことをする。

「これしかないよな」

おれはためらうことなく、パルマの村で貰った丸薬を呑んだ。

「兄さん⁉」

リオンは叫ぶが、今はそんなことは後回しだ。

「それは……？」

オルトリンドは少し警戒する様子を見せる。だが、それよりもサクヤ達が進んだ通路の方を——ウィン様達の方を気にかけているようだ。あちらの方から凄まじい魔力が流れ込んでいるので、そうするのもおかしい話ではない。

だが、この時に限っては悪手だ。

「行くぞ」

「どう……ぞ⁉」

おれは先ほど以上速く動いて奴に切りかかる。

ギャリィン！

「ぐぅ⁉」

奴は先ほどと同じように拳で受けたけれど、力の増した斬撃《ざんげき》を受けきれなかったようだ。

切り裂かれた手袋の奥には、光沢が見えた。

「なるほど、その光沢、金魔法の使い手か。自らの手を金属に変えていたとはな」

「ふふ、バレてしまうとは……」

この部屋を土魔法で隠し、大事な部屋に繋がる通路は、金魔法で隠していた訳だ。

しかし奴は秘密がバレたと言うのに、全く焦った様子はない。

「さて、知られてしまったことですし、死んでもらいましょうか」

そして迫ってくる奴の速度は、先ほどよりも上がっていた。

だが、今はおれの方が速い！

ギン！　ギャリィン！　ガァン！

しかし決着はすぐにはつかない。

いくらおれが丸薬で力が増しているとはいえ、それを使いこなせておらず、相手もまた強敵だ。

丸薬の力をおれが使いこなせれば……いや、効果は永遠ではない。残り数分で効果切れとなり、おれは負けてしまうだろう。

だが、おれは一人じゃない。

「リオン！」

「任せて！　〈氷の盤上《ばんじょう》〉」

おれの言葉に、リオンが魔法を使って地面を凍《こお》らせていく。

「バカか⁉　地面が凍ればふんばりがきかず、お互いに速度が落ちる！　そうなれば勝つのは私だ！」

「甘いな」

おれは先ほどの礼とばかりにそう言ってやる。

確かに、この魔法は地面を凍らせるもので、地面全てが凍ってしまえば奴の方が有利になるだろう。だが――

「な！　そんなことが⁉」

リオンの氷が凍らせていたのは、オルトリンドに迫るおれの足元、一歩一歩以外の全てだった。

「おれとリオンなら可能だよ」

「ふざけるな……お前の動きを全て知っていないとできないことだろうが！」

「リオンならやってくれるんだよ！」

「ぐぅ！」

おれは奴に迫り、剣を振り下ろす。

すでに奴の足元は氷に覆われている。いくら奴の拳が金属でできていようと、踏ん張れなければ飛ばされるだけだ。

それが分かっているからだろう、奴は足元を踏みつけ、氷を砕く。

「この程度で！　私が負ける訳がない！」

「なるほど、流石だ。でも、それくらいは読めるんだよ」

「は……」

そんなおれの言葉と同時に、リオンは再び奴の足元を凍らせる。

「この程度！」

そう叫ぶ奴が、再び氷を砕くのは分かっている。

しかし、その一瞬が命取りなのだ。

「足元にばかり集中していると、掬《すく》われるぞ」

「しまっ！」

ゴン！

おれは奴の頭を、剣の腹で思い切り打ち付けた。

奴はもろに食らったため、地面を転がって動かなくなった。

この程度で死ぬことはないだろう。それに、このあとのことを考えると生かしておかなければならない。

「オルトリンド様……」

おれ達が奴を倒したことで、敵は動揺して後ずさっている。

「ふん……まぁまぁだったな」

正直もう体が動かない。これが丸薬を使った反作用ということだろう。お陰でオルトリンドを倒すことはできたけれど、あと十人はいる兵達はどうしたものか。

◇　◆　◇　◆　◇

兄さんはすごい。

僕、リオンは内心で呟く。

丸薬の力こそ借りたけど、僕が目で追うことすらできなかったオルトリンドを倒したのだ。

でも、例の制限時間を過ぎたからだろう、兄さんは今、力なく剣を構えている。

それでも、敵を見据える瞳は力強く、ここから一歩も通さないという意思を強く感じる。

でも、兄さんにこれ以上無理はさせられない。

「兄さん。僕がやるよ」

「リオン？」

僕は兄さんの言葉を背に、少しずつにじり寄ってくる敵に向かって魔法を放つ。

「〈炎の槍〉！」

ここからは僕一人での持久戦だ。魔法使いである僕にとって、魔力は生命線。無駄な魔法は一切使えない。

敵が突撃してこようとしたら、その先頭の敵に攻撃をし、引こうとしたら追撃して少しでも戦力を削る。

強引に来られるのが一番困るんだけど、兄さんが睨みを利かせているので多少は持つ。

だけど、兄さんはあれから一歩も動いていない。動けないことはいずれバレてしまうだろう。

そうなる前に、僕はできるだけ敵の戦力を削っていかなきゃ。この調子でいればあと十分は持つはずだ。

そうしていると、衛兵達の奥から声がした。

「貴様ら！　こんなことをしてただですむと思っておるのか!?」

聞き覚えのある嫌味《いやみ》ったらしい声。その声が近付いてくるけれど……ちょうどいい。

奴を……領主を捕らえてしまえば、敵は手出しできなくなる。僕は魔法使いで、奴は奥で護衛に囲まれている。絶体絶命の状況だけど、奴を捕らえることさえできれば……。

しかし、奴は狡猾だった。

「お前ら。こいつがどうなってもいいのかな？」

「レイヴァール殿……」

奴の護衛の一人が、レイヴァールを拘束していたのだ。

彼は確かに強いけれど、それで多勢に無勢だったのだろう。時間稼ぎをしてくれていたはずだが、捕まってしまうとは……。

「全く。恩を仇《あだ》で返しおって、貴様の家族諸共《もろとも》処刑してやるから覚悟しておけ！」

「ぐ……」

「さて、お前ら、確かAランク冒険者だったな？　何をしている。こいつの命が惜しくはないのか？」

「「……」」

そう問われつつも、僕達は武器を下ろさない。

「ほう。本当に惜しくないと見える」

すると奴はどこからともなく短剣を取り出し、レイヴァールの喉元《のどもと》に突きつけた。

どうしようかと兄さんに視線を送ると、その唇《くちびる》からは血が流れていた。

攻撃を食らった様子もないから、歯で噛んでしまったのだろうか。

「兄さん……」

「……ああ」

僕が呟き、兄さんが剣を手放そうとした時――

「キュイ」

小さな、小さな鳴き声が僕達の耳に届く。

それがエアホーンラビットのものだと気付いた僕と兄さんは、武器を手放すのをやめた。

直後、敵方から悲鳴が上がった。

「ぐわぁ！」

「なんだ、うぐ!?」

エアホーンラビットが姿を消したまま、敵を攻撃してくれたのだ。

レイヴァールはその隙を逃がさず、敵の拘束を振り払って、こちらに向かって単身で駆けてくる。

そして僕らの間を抜けると、転がり込むように奥の通路を入っていった。

「くそ！　殺せ！　奴らを殺せ……」

また戦闘が始まる。

そう思った時、領主の顔色が、怒りの真っ赤な色から真っ青な色に変わる。

「そ、そんな……あれは誰にも壊せないって……どうして……どうして奴が……」

僕と兄さんがタイミングをずらして後ろを振り向く。

すると、そこにはサクヤがいた。

それも、緑のような青のような蛇……いや、龍を体に巻きつけて。

「クロノさん。リオンさん。この奥には聖獣である青龍が囚われていました」

「なんだと!?」

「本当かい!?」

聖獣が囚われていた？　そんなことができるのかどうかは別にして、それを国の役人がやっていた。

この世界には、聖獣を祀《まつ》り、聖獣が居着いている国もある。こんなことが公《おおやけ》になったら、この国は……。

僕が絶望しそうになっていると、兄さんが怒声をあげた。

「貴様！　何かあると踏んでいたが、これが貴様のやっていたことか！」

領主は一瞬だけ怯《ひる》んだけど、引くに引けなくなったのか怒鳴り返してくる。

「そのお陰で、王都に繋がる転移陣が使えることがなぜ分からん！　転移陣がなければ、この街は存在できていないのだぞ⁉」

「だからといって聖獣様を牢に捕らえるなど、許されることではない！　覚悟しろ。ここにいる話を聞いた連中全てを拘束させてもらう！」

「ふ、ふざけるな！　お前達聞いたか！　ここで奴に拘束されたら一族の命はないぞ！　だから奴らを殺せ！　殺した者への褒美《ほうび》は思いのままだぞ！」

しかし、兵士も混乱していて、動くに動けないようだ。

「どうした！　あんな奴らはたかが冒険者だ！　力だけで脳のない愚か者どもだ！　儂に従うのが道理だろうが！」

領主がそう言うと、兵士達は少し考えてから剣を握り直す。

「兄さん。ここで使わなかったら……もう使う機会はないと思わない？」

「だな……」

僕は腹をくくって兄さんに提案する。

今まではみんなに隠してきた。

ほんの数人にはバレてしまったこともあるけれど、ただのリオンとして、冒険者としてやっていくために隠していた。

後ろにいるサクヤちゃんにも、もっと早く教えておきたかったけれど、言ったらきっと委縮《いしゅく》させてしまうんじゃないかと不安だった。だから、言わずにいたのだけれど……。

兄さんが一歩だけ前に出て、高らかに宣言する。

「私はファリラス王国第二王子、クロノ・リ・ファリラスである！　そして」

「僕はファリラス王国第三王子、リオン・ル・ファリラスである！」

「大人しく投降した者には寛大《かんだい》な処置を約束しよう。我らの名においてここに誓う。しかし、これでもまだ剣を手に取るというのなら、その時は覚悟せよ」

しかし兵士達はざわつくだけ。

急にそんなことを言われても、どうすればいいのか分からないのも仕方ない。

そんな彼らにしびれを切らしたように、領主が叫ぶ。

「そ、そんな嘘に騙されるな！　王子がこんな辺境で冒険者などやっている訳がない！」

だけど僕は、マジックバッグから父が記した勅命《ちょくめい》の文書を見せる。

「これに書かれているのは、国王陛下から直々に依頼された内容。嘘だと思うのであれば、このあと王宮に行っても一切問題はない！」

この言葉に偽りはない。

そこには、『ケンリスの領主を調査せよ』という命が書かれている。

僕がそう言うと、後ろからレイヴァールが覗き込み、それを後押ししてくれる。

「確かに、自分は王宮で陛下の文書を拝見したことがあるが、同じ筆跡《ひっせき》だな」

嘘か本当か分からないけれど、彼の言葉はとても助かる。

彼の言葉を信じたのか、兵士達は一人、また一人と剣を足元に投げ捨てた。

「ふぅ……サクヤちゃん。今まで黙っていてごめんね。驚いた？」

「エエ、トテモオドロキマシタ」

びっくりするぐらいの棒読みが返ってきた。

◇
◆
◇
◆
◇

青龍に回復魔法をかけ、元気を取り戻した彼は、私の体に巻き付いて、そのまま眠ってしまった。

それでクロノさん達のもとに急いで戻ったら、そこでは領主との言い合いになっていた。

なので、青龍が捕まっていたことを話したんだけど……。

そのあとは、ちょっと心揺さぶられる展開になった。

マジックバッグから文書を取り出すところとか、ご隠居様《いんきょさま》かと思った。

クロさんリオさん。やっておしまいなさい！　……これだとわたしが……ってそんなことはいいんだ。

一人で勝手にテンションをあげていたら、リオンさんが申し訳なさそうに振り返って謝ってくる。

「ふぅ……サクヤちゃん。今まで黙っていてごめんね。驚いた？」

「エエ、トテモオドロキマシタ」

最初から知ってましたとは言えず、なんとか誤魔化せたと思う……多分。

現にリオンさんは苦笑している。なんで笑っているんだろうか。

すっかり戦意をなくした兵達は、クロノさんの指示で領主を捕らえる。

「さあ、リオン。忙しくなるぞ。それにサクヤ、本当にありがとう。そして、すまないことをした」

そんな中、クロノさんはそう言ってわたしに頭を下げた。

「あの……なんのことでしょうか？」

謝られる理由が分からずに聞く。

「サクヤ達だけに、危険な中に行かせてしまった。おれ達は……何もできなかった」

「何を言っているんですか！　彼らを投降させて、領主を捕まえたのも二人のお陰です！　それに、さっきの王子様だって言うところ、すごくかっこよかったですよ！」

わたしも人生で一回は言ってみたいセリフかもしれない。

そう言ったんだけれど、二人はちょっと固まっていた。

「どうかしましたか？」

「いや……サクヤはおれ達が王子だと知っても態度を変えないんだなと思ってな」

「大抵の人は全く喋らなくなるか、訳が分からないことを言い出すことが多いかな」

「……」

うーん。

うーーーーーーーーーーーん。

……どういう反応をしよう。

ずっと王子様だったって知っていましたって言っちゃうべき？　でも鑑定とか誰にも教えてないしな……どうやったら誤魔化せるかな。

無理？　いや、でもちょっとはやってみる？

「わたし五歳なんで身分とかよく分かんないです」

「『無理がある（よ）！』」

やっぱり息ぴったり。

そんなことを思っていると、レイヴァールさんが声をかけてくる。

「お前達、遊んでいるな。俺は宮殿の信頼できる部下を連れてくる。それまではここにいる奴らの拘束を――」

「〈風の子守歌〉」

レイヴァールさんが言い切る前に、ウィンが領主含め兵士達を全員寝かしつけた。

子守歌で寝かしつけられる大人っているんだ。魔法だけど。

「これでいいか？」

「あ、ありがとうございます。すぐに連れてきますので、少々お待ちください」

そう言ってレイヴァールさんは駆けていく。

彼が話を変えてくれたことで、誤魔化せてよかった。というか、大事なことを忘れていた。

「ウィン！　ヴァイス！　エアホーンラビット！」

「どうした？」

「ウギャウ？」

「キュイ？」

三体ともどうしたのと首を傾げている。だから、わたしはこうするのだ。

「ありがとう！　みんな！」

わたしは三体それぞれに、十秒は時間をかけて抱き締めていく。

みんな頑張ってくれた。

ウィンは魔法で防いでくれたし、ヴァイスはこの奥を開けてくれた。

それにエアホーンラビットは、レイヴァールさんを助けてくれた。これはウィンが後ろの方の気配を感じていてエアホーンラビットを送ってくれたらしい。

みんながいたから無事にいられたんだ。

「よかったよ……。みんな無事で……」

青龍も助かったけど、人間嫌いになってしまうかもしれない。

でも、少なくとも今は助かってよかったと思う。

「ウィン。青龍ってわたしが連れ帰ってもいいかな？」

「むしろサクヤ以外が連れ帰ったらどうなるか分からん。その方がいいだろう」

「分かった。クロノさん。リオンさん。そういうことでいいですか？」

わたしは二人を見つめると、二人は戸惑いながら言葉を返してくれる。

「あ、ああ。それはもちろんいいが……」

「それで、ちょっとおねが」

「それではみんな！　帰りましょう！」

なんかリオンさんが言いかけてたけど、きっとろくなことじゃない。

王宮に来てとか、国王様に会ってとか言われたら絶対に面倒なことになるじゃん！

なんか煌びやかな服を着て扇子を持ってオホホと笑わないといけない。そんな世界に行くことになるに決まっている。偏見《へんけん》だけど。

というか、もう帰って寝たい。みんなで一緒にもふもふして固まって寝るんだ。

このあとの領主をどうするかとか、わたし達には関係ないし。

そう思って帰ろうとしたのだが――

ガシ。

わたしの肩がクロノさんにがっしりと掴まれた。

「ク、クロノさん？　わたし、宿に帰って寝たいなーって」

「リオンが詳しい話をしたがっていてな？　少しだけいいか？　大丈夫。少しだけだ」

わたしはチラリとリオンさんを見ると、とてもにこやかなのに背中に鬼が見えた。

「サクヤちゃん。まずはありがとう。今回の件、サクヤちゃんがいなかったら絶対に解決できなかった」

「は、はい」

「だけど、やっぱりまだ君は必要で、一緒に王宮に来てほしいんだ。いいかな？」

「お、王都はもちろん行く予定ですよ」

わたしが聞き間違えた振りをして必死の抵抗をしてみせる。

でも、リオンさんはゆっくりと首を振って、丁寧に教えてくれた。

「王都ももちろん行くんだけどね？　王宮に来て、僕達の父と兄……国王と第一王子に会ってほしいんだ」

「……はい」

わたしはそう返事をしつつ、絶対に転移魔法を速攻で覚えて逃げてやると誓った。

……転移魔法ってどうやって覚えたらいいいんだろう。

ウィンに聞くのが一番かな。

「さぁサクヤ。一緒に宿に帰ろう」

「だね。もう夜も遅いし、帰らないと」

わたしが一人決意していると、二人はわたしを連れて宿に向かおうとする。

「そうですね。今日はとっても濃かった気がします」

転移魔法については、宿に帰ったら……いや、でも眠いから明日にでも聞こう。

そんなことを考えながら領主の屋敷から出ようとすると、レイヴァールさんが走ってくる。

「貴様ら。一体どこに行くのか」

「おれ達は宿に戻ろうと思っているだけだが……」

わたし達は足を止め、レイヴァールさんに向き合う。

「帰るだと？　この状況で帰るのが為政者《いせいしゃ》のやることか？」

「どういうことだ？」

クロノさんは怪訝《けげん》そうな顔をする。

「どういうことも何も、領主が捕らえられたのだぞ？　王都への報告も必要だし、ケンリス内での派閥争いも激化する。政務も滞《とどこお》るに決まっている」

「……それで？」

「貴様らも手伝え。王子なのだろう？　大層な肩書を持っているのであれば、それくらいの仕事をせんでどうする」

「それは……お前がやるのではないのか？」

クロノさんがとても嫌そうに言うのだけれど、レイヴァールさんはバッサリと切り捨てる。

「自分も当然やる。だが、手が足りないのだ。王子だというなら、管理する義務もあるのではないのか？」

そう言われてしまっては、二人は行くしかない。

「サクヤ。すまない。おれ達はこれから少し仕事をしてくる」

「僕も……あんまり政務は得意じゃないけど、頑張ってくるね」

「はい。さっきまで戦っていたんですから、無理はしないように」

わたしは二人にそう言って、ウィン達と宿に戻ろうとする。

「待つがいい」

「？　どうしたんですか？　レイヴァールさん」

わたしが振り返ると、彼は頭をかきながら聞いてくる。

「何か……できることはないか？」

「できること……ですか？」

要領を得ないことを聞かれて、わたしは首を傾げる。

「その……青龍様が望むことだったり……サクヤがほしいものとか……何かないのだろうか」

「あります！」

わたしの欲しいもの。

あるに決まっている。

というか、そう聞かれた時から「キュイキュイ！」とエアホーンラビットが鳴きながらわたしのわき腹をつついていた。

「なんだ？」

「霊珠がほしいんです！」

「霊珠……どうしてまた？」

「実は……」

彼にならいいだろうということで、欲しい理由を説明する。

わたしの魔力が多いこと。そしてそのために従魔契約ができないこと。その問題を解決するために、霊珠を使った魔道具が必要なこと。

「なるほどな。宮殿の中に在庫があったはずだ。明日の朝には送らせてもらおう」

「いいんですか!?」

この街の住民のことを記憶していたから記憶力はいいのだろうと思っていたけれど、物の在庫まで覚えているなんて……。

しかも翌日の朝とはたまげた速さだ。

「かまわない。サクヤはそれだけのことをしてくれたのだ。それに最大限報《むく》いるのが、自分のすべきことだろう」

「いえ……でも、ありがとうございます」

わたしはそう言って頭を下げる。

でも、すぐに彼によって頭を上げさせられた。

「?」

「頭を下げる必要はない。それよりも今夜は寝ろ。いい子は寝る時間だ」

そう言って彼は颯爽《さっそう》と去っていく。

わたしは彼の背を見て思ってしまう。あんな中二病な格好をしていなければ、もっと格好がついたのにな……と。

それからわたし達は別れ、宿に戻る途中にウィンと念話で話をする。

ちなみに、エアホーンラビットがウィンの上で小躍りをしているので、ヴァイスもそれに付き合って楽しそうにはしゃいでいる。４Ｋで撮れるカメラも欲しい。切実に。

似たような魔道具がないか、レイヴァールさんに聞けばよかったかな……いや、今はそうじゃない。

『ウィン。ちょっと聞きたいんだけど、いい？』

『どうした？　サクヤ』

『わたし、転移魔法を覚えたいんだけど、どうやったら覚えられるのかな？』

『転移魔法……そうだな……悪いが俺も分からん』

『そうだよねぇ』

ウィンは風魔法しか使えない。

『すまないな。だが、今はどうか知らないが、かつては魔法都市があった。そこでなら何か分かることがあるかもしれないぞ』

『魔法都市……』

なんだか少しそそられる名前だ。

『一瞬立ち寄ったことがある程度だが、かなりの魔法技術を誇っていたな。その当時にしては……だが』

『なら、いつかそこに行ってもいいかもしれないね』

『ああ、そういえば学園もあったな。サクヤなら首席合格間違いないだろう』

『あはは、まず文字が読めないからね』

『サクヤならすぐに覚えられるさ』

『確かに、ちょっと覚えたいとは思ってるんだよね』

文字は……というか、本が読みたい。物語が……物語が読みたいんです。

ウィン達をモフモフするのは最高だよ。本当に最高で一日中していたって問題はない。

でも、流石に将来のこととかどこかで頭をよぎってしまうのだ。

なので、王都に行った時とかに勉強してもいいかもしれない。

『力になれたらよかったんだが……』

『ううん。気にしないで。王都でも色々できるだろうから』

王都なら文字の教師とかもいるだろう。

っていうか、レイヴァールさんとかクロノさんとかリオンさんとか……なんならプロフェッサーとか先生もみんな読めそう。

そっちに聞いた方がいいかなと思いつつも、忙しそうだから邪魔はできない。

ウィンはわたしの考えを分かってくれているのか、嬉しそうに答える。

『ああ、いつでも側で見守っている』

『ありがとう。ウィン。それで……』

『青龍のことか？』

『うん……』

青龍は相変わらずわたしの体に巻きついたまま、眠っている。

ちゃんと力を調整してくれているのか、痛くはない。けれど、やっぱりさっきまであんな目に遭っていたことを思うと不安になる。

『心配するな。サクヤの優しさは必ず伝わっている。今はそっとしておけ』

『うん……分かった』

わたし達はそれから宿に到着して、眠りにつく。

流石に青龍はわたしの体から放し、ベッドの上に乗せる。

すると、青龍は自然ととぐろを巻いていく。

「それ……自動でやるんだ……」

「あの格好が一番落ち着くと、昔聞いたことがあるな」

「なるほど。と……わたしも眠たいや……それじゃあ……おやすみ」

「ああ、おやすみ」

「ウビャウ！」

「キュイ！」

ヴァイスとエアホーンラビットは元気だなと思いつつも意識が沈んでいく。

ああ、でも……エアホーンラビットの名前も考えてあげないと……。

そこまで思って、わたしは意識を手放した。

新しい人生はすくすく生きたい
不治の病で
部屋から出たことがない僕は、
回復術師を極めて
自由に生きる
1・2
土偶の友
Dogu no Tomo
Presents
心優しい少年の
やり直しファンタジー、開幕!
生まれてから一度も部屋の外に出たことがないバルトラン男爵家、次男のエミリオ。彼の体は不治の病に侵され、一流の回復術師でも治療は不可能だった。外で元気に走り回る兄や妹の姿を見つめては、もし自分が元気だったらと想像する毎日。だがエミリオはある日、とある回復術師と出会ったことをきっかけに自分に魔法の才能があることを知る。想像したことが現実になる魔法は、病身だからこそ想像力が極端に高い彼と相性が良かったのだ。秘められた才能に気付いたエミリオは回復魔法を極めて、自分自身で不治の病を治すことを決意する——!
●各定価:1320円(10%税込)　●illustration:フェルネモ
2
魔法の椅子でわくわく空中さんぽ!

いずれ最強の錬金術師？
SOMEDAY WILL I BE THE GREATEST ALCHEMIST?
1~16
小狐丸
KOGITSUNEMARU
シリーズ累計(電子含む)100万部突破!
2025年1月ついに
TVアニメ化!!
コミックス
1～7巻
好評発売中!
1～16巻
好評発売中!
勇者召喚に巻き込まれ、異世界に転生した僕、タクミ。不憫な僕を哀れんで、女神様が特別なスキルをくれることになったので、地味な生産系スキルをお願いした。そして与えられたのは、錬金術という珍しいスキル。まだよくわからないけど、このスキル、すごい可能性を秘めていそう……!? 最強錬金術師を目指す僕の旅が、いま始まる!
地味～な生産職志望の僕に付与されたのは、
聖剣から空飛ぶ船まで、何でも造れる
最強スキル
錬金術!!
第10回アルファポリスファンタジー小説大賞読者賞受賞作
アルファポリス人気ランキング圧倒的第1位
……僕、のんびり暮らしたいだけなんだけど
原作 小狐丸
漫画 ささかまたろう
聖剣から万能薬までなんでも造れる
最強の生産スキル
錬金術発動!
10万部突破!
大人気ファンタジー、待望のコミカライズ第1弾!
●16巻 定価:1430円(10%税込)
1～15巻 各定価:1320円(10%税込)
●Illustration:人米
●7巻 定価:770円(10%税込)
1～6巻 各定価:748円(10%税込)
●漫画:ささかまたろう B6判

◉各定価：1320円（10%税込）◉Illustration：やまかわ　◉漫画：みずなともみ　B6判 ◉各定価：748円（10%税込）

この作品に対する皆様のご意見・ご感想をお待ちしております。

おハガキ・お手紙は以下の宛先にお送りください。

【宛先】

〒150-6019 東京都渋谷区恵比寿4-20-3 恵比寿ｶﾞｰﾃﾞﾝﾌﾟﾚｲｽﾀﾜｰ 19F
（株）アルファポリス　書籍感想係

メールフォームでのご意見・ご感想は右のＱＲコードから、
あるいは以下のワードで検索をかけてください。

アルファポリス　書籍の感想　検索

ご感想はこちらから

本書はWebサイト「アルファポリス」（https://www.alphapolis.co.jp/）に投稿されたものを、改題、改稿、加筆のうえ、書籍化したものです。

転生幼女《てんせいようじょ》はお願《ねが》いしたい2
～100万年《まんねん》に1人《ひとり》と言《い》われた力《ちから》で自由気《じゆうき》ままな異世界《いせかい》ライフ～

土偶の友（どぐうのとも）

2024年5月31日初版発行

編集－村上達哉・芦田尚
編集長－太田鉄平
発行者－梶本雄介
発行所－株式会社アルファポリス
〒150-6019 東京都渋谷区恵比寿4-20-3 恵比寿ｶﾞｰﾃﾞﾝﾌﾟﾚｲｽﾀﾜｰ19F
TEL 03-6277-1601（営業）　03-6277-1602（編集）
URL https://www.alphapolis.co.jp/
発売元－株式会社星雲社（共同出版社・流通責任出版社）
〒112-0005 東京都文京区水道1-3-30
TEL 03-3868-3275
装丁・本文イラスト－むらき（https://iou783640.wixsite.com/muraki）
装丁デザイン－AFTERGLOW
印刷－中央精版印刷株式会社

価格はカバーに表示されてあります。

落丁乱丁の場合はアルファポリスまでご連絡ください。

送料は小社負担でお取り替えします。

ISBN 978-4-434-33927-1　C0093